新潮文庫

ティファニーで朝食を

カポーティ
村上春樹訳

新潮社版

8582

ティファニーで朝食を
目次

ティファニーで朝食を

ジャック・ダンフィーへ

Breakfast
at
Tiffany's

ティファニーで朝食を

以前暮らしていた場所のことを、何かにつけふと思い出す。どんな家に住んでいたか、近辺にどんなものがあったか、そんなことを。たとえばニューヨークに出てきて最初に僕が住んだのは、イーストサイド七十二丁目あたりにあるおなじみのブラウンストーンの建物だった。戦争が始まってまだ間もない頃だ。一部屋しかなくて、屋根裏からひっぱり出してきたようなほこりくさい家具で足の踏み場もなかった。ソファがひとつに、いくつかのむくむくの椅子《いす》、それらは変てこな色あいの赤いビロード張りで、いやにちくちくして、まるで暑い日に電車に乗っているような気がした。壁はスタッコ塗りで、色あいは嚙《か》み煙草《たばこ》の吐き汁そっくりだ。浴室も含めて、いたるところにローマの遺跡を描いた版画がかかっていたが、ずいぶんな時代もので、そこかしこに茶色のしみが浮き出ている。窓はひとつしかなく、それは非常階段に面していた。とはいえ、ポケットに手を入れてそのアパートメントの鍵《かぎ》に触れるたびに、僕の心は浮き立った。たしかにさえない部屋ではあったものの、そこは僕が生まれて初めて手にした自分だけの場所だった。僕の蔵書が置かれ、ひとつかみの鉛筆が鉛筆立ての中で削られるのを待っていた。作家志望の青年が志を遂げるために必要なものはすべてそこに備わっているように、少なくとも僕の目には見えた。

その当時は、ホリー・ゴライトリーについて何かを書こうなんて考えもしなかった。そしてもしジョー・ベルと会って話をしなかったら、今だって思いつかなかったはずだ。でも彼と語り合ったおかげで、彼女の思い出が僕の中に今ひとたび鮮かによみがえってきたのだ。

ホリー・ゴライトリーはその古いブラウンストーンの建物の、僕のちょうど真下の部屋を借りていた。ジョー・ベルはレキシントン・アヴェニューの角でバーを経営していた。今でもまだ経営している。ホリーも僕もよくそこに足を運んだ。一日に六回か七回くらい。とはいっても酒を飲みに行ったのではない。たまに飲むこともあったが、だいたいは電話を借りるのが目的だった。戦争中のことで、個人で電話を引くのは簡単ではなかったのだ。それに加えてジョーは伝言を親切に受けてくれて、これはとくにホリーにとってはまさに福音だった。なにしろおびただしい数の電話が彼女にかかってきたから。

もちろんこれはずいぶん昔の話で、先週ジョー・ベルに会ったのは、かれこれ五、六年ぶりのことだった。これまでもときどきは連絡をとりあっていたし、近所を通りかかったときには彼の店に顔を出しもした。しかしそれぞれホリー・ゴライトリーの友だちだったということを別にすれば、我々はさして親しい間柄にはなかった。ジョー・ベルは自ら認めるように気むずかしい男だ。長年にわたって独身生活を送ってきたことと、胃が弱いことがその理由だと本人は言う。彼と会話するのがどれくらい大変なことか、まわりの人間はみんなよく知っている。共有できる話題でもない限り、とりつくしまもない。そしてホリー・ゴライトリーはそのような限られた話題のひとつだった。ほかの話題としてはアイス・ホッケーと、ワイマラナー犬と、『アワ・ギャル・サンデー』（彼が十五年ものあいだ聴き続けているラジオの連続メロドラマだ）と、ギルバートとサリヴァンの音楽などがあげられるだろう。彼はギルバートかサリヴァンのどちらかと血縁関係にあると自称しているが、どちらだったかは思い出せない。

だから先週の火曜日の夕方近くに電話のベルが鳴り、「ジョー・ベルだが」という声を耳にしたとき、これはホリーの話に違いないと思った。でも彼は用件を伏せた。「すぐにこっちに来られないかね？　大事なことなんだ」と言っただけだ。蛙《かえる》を思わせる彼のしゃがれ声は、興奮のために普段よりもしゃがれていた。

十月の雨が強く降りしきる中、僕はタクシーで彼の店に向かった。ひょっとしてホリーが店に顔を出したのかもしれない、もう一度彼女に会えるのだろうかと、車中で想像に耽《ふけ》ったりもした。

しかしバーには店主のほかに誰もいなかった。ジョー・ベルの店は、レキシントン・アヴェニューに並ぶ大抵のバーよりは落ちつける。ネオンもなければテレビもない。二枚の古い鏡がただ外の天候を映しているだけだ。カウンターの背後に、アイス・ホッケーの名選手たちの古い写真に囲まれた小さなくぼみがあり、常に新鮮な花が盛られた大きな花瓶が置かれていた。花はジョー自身によってかいがいしくいけられるのだが、僕が店に足を踏み入れたとき、彼はまさにその作業に従事しているところだった。

「当然ながら」、彼は花瓶に一輪のグラジオラスを念入りに差しながら言った。「当然ながら、もしあんたの意見を必要としていなかったら、何もわざわざここまで足を運んでくれとはお願いしなかったよ。それがけったいな話なんだ。実にけったいなことが持ち上がってね」

「ホリーから何か言ってきたのかい？」

どう答えればいいのか考えあぐねるように、彼は一枚の葉に手をやった。小柄な男で、かたちの良い頭にごわごわした白髪がはえていた。骨張った、緩かに斜面を描くようなかっこうの顔で、どちらかといえばもっと背の高い人物に似合いそうな相貌《そうぼう》である。肌はいつも日焼けしたような色あいだったが、それが今では赤みさえ帯びていた。「彼女から何か言ってきたってわけじゃないんだ。そのへんが微妙でね。だからあんたの意見を聞きたかったのさ。飲み物を作ろう。新趣向のカクテルでね、ホワイト・エンジェルっていうんだ」。彼はそう言ってウォッカとジンを半分ずつ混ぜ、ベルモットは加えなかった。できあがったものを僕が飲んでいるあいだ、ジョーは立って錠剤の胃薬を口の中で溶かしながら、語るべき言葉を頭の中で組み立てていた。

「I・Y・ユニオシさんって男を覚えているかね？　日本から来た紳士だよ」

「カリフォルニアの出身だよ」と僕は言った。彼のことを忘れるわけがない。どこかの写真雑誌専属のカメラマンで、当時は同じブラウンストーンの建物の最上階にある、一間のアパートメントに住んでいた。

「ややこしいことは言わんでくれ。誰のことだかわかるかって、尋ねただけじゃないか。まあいい。それでだ、昨日の夜にここに乗り込んできたのが、誰あろうかのI・Y・ユニオシ氏であったわけだ。もう二年くらい会っていなかったと思うな。それで、この二年のあいだ彼はいったいどこにいたと思うね？」

「アフリカ」

ジョー・ベルは胃薬をかじるのをやめた。目が細くなった。「なんでそれを知ってるんだ？」

「ウィンチェル（訳注　ウォルター・ウィンチェル。高名なコラムニスト）のコラムで読んだ」。実際にそのとおりだった。

彼はちりんと音を立ててレジを開け、マニラ封筒を取り出した。「しかしこいつのことまではウィンチェルのコラムに載ってなかっただろう」

封筒には三枚の写真が入っていた。どれもほぼ同じ写真で、撮るアングルが違っているだけだ。キャラコのスカートをはいたきゃしゃな体つきの、長身の黒人の男が、恥ずかしげに、それでも得意そうな微笑《ほほえ》みを顔に浮かべ、一風変った木彫りの品を両手に持っている。細長い、若い女性の頭部である。髪は若い男の髪のようになめらかで短い。つるりとした木製の目は大きすぎて、下に向けて細くなっていく顔の中で傾き加減になっている。口は大きく、誇張されすぎて、道化師の唇みたいに見えなくもない。一見すると、よくあるプリミティブな木彫みたいに見える。でもすぐにそうではないことがわかる。というのは、その顔はホリー・ゴライトリーに生き写しだったからだ。少なくとも黒色の彫像が似せられるぎりぎりのところまでは、生き写しだった。

「そいつをどう思うね？」、僕が面食らっているのを見て、我が意を得たりとジョー・ベルが言った。

「彼女に似ている」

「よしてくれよ」と言って、彼はバーのカウンターを平手でぴしゃりと叩《たた》いた。「そいつは彼女だよ。おれがいっぱしの成人男子であるというのと同じくらい間違いないことだ。あのちびのジャップだって彼女を目にしたとたんに、まさに本人だとわかったさ」

「彼女を目にした？　アフリカでかね？」

「いや、見たのはその彫像だけどな。でもおんなじことだ。自分で添え書きを読んでみな」と彼は言って、写真の一枚を裏返した。裏にはこう書かれていた。「木彫、S族、トコクル、東アングリア、一九五六年クリスマス」

ジョー・ベルは言った、「あのジャップの話によるとこういうことだ」。クリスマスの日、ユニオシ氏はカメラを手にトコクルという村を通りかかった。何の変哲もなく面白みもないごたごたとした村だ。泥でできた掘っ立て小屋が並び、庭には猿がいて、屋根にははげわしがとまっている。そろそろ立ち去ろうと思ったときに、一人の黒人が戸口に座り込んで、杖《つえ》に猿を彫っているのがふと目についた。ユニオシ氏はその出来映えに感心して、ほかにもっと作品はないかと尋ねてみた。するとその黒人は娘の頭を持ち出してきたのだ。それを見てユニオシ氏は夢の中にすとんとはまり込んだような気持ちになった（と本人がジョー・ベルに語った）。しかしそれを買いたいと申し出たとき、黒人は片手を自分の局部にかぶせて（それはたぶん胸をとんとん叩くのと同じような、婉曲《えんきょく》なジェスチャーであるらしかった）、ノーと言った。一ポンドの塩と十ドル。腕時計と二ポンドの塩と二十ドル、どれだけ値段をつり上げても彼の返答は変わらなかった。ともあれどのような経緯でこの像が彫られたのか、それだけはどうあっても知りたいとユニオシ氏は思った。そのために塩と腕時計が相手の手に渡った。ことの顛末《てんまつ》はアフリカ語とピジン・イングリッシュと手真似《てまね》を用いて語られた。話によればその年の春に、馬に乗った白人の三人連れがジャングルから現れた。若い女が一人と、男が二人だ。男たちは二人とも高熱のために目を赤く腫《は》らせていた。男たちは隔離された小屋に数週間にわたって収容され、そこで悪寒《おかん》に震えていなくてはならなかった。そのあいだ若い女は木彫師にすっかり心を奪われ、彼と寝床をともにしていた。

「この部分はあやしいものだと思うね」とジョー・ベルは顔をしかめて言った。「あの子に型破りなところがあることは確かだ。しかしそこまではやらんだろう」

「それで？」

「それだけさ」と彼は肩をすくめた。「ほどなく彼女はそこを去っていった。来たときと同じように馬に乗ってね」

「一人で、それとも男たちと一緒に？」

ジョー・ベルはちょっと驚いた顔をした。「さあね、二人の男たちと一緒にだと思うけど。そのあとジャップは、その国のあちこちで彼女のことを尋ねてまわった。でも彼女を見かけたという人間はほかには見つからなかった」。それから僕の失望感を感じ取ったのか、彼はそれをはね返すように言った。「ひとつ確かに言えるのは、これがこの何年かのあいだで、ええと、何年だったか」、彼はそう言って指を折ったが、指の数では足りなかった。「とにかくこの何年かのあいだで、唯一《ゆいいつ》の具体的な情報だということだ。おれが唯《ただ》ひとつ望むのは、あの子が金持ちになっているってことだ。きっと金持ちになったんだと思う。貧乏人にはアフリカをほっつき歩いたりできないものな」

「彼女はたぶんアフリカになんか足も踏み入れちゃいないさ」と僕は言った。その確信はあった。それでもなお、アフリカにいる彼女の姿を僕は思い浮かべることができた。そこはいかにも彼女が行きそうな場所だ。そして木彫の頭。僕はもう一度その写真に目をやった。

「そんなに何でもわかっているのなら、あの子は今どこにいるのかちょいと教えてくれないか」

「死んだか、精神病院に入れられたか。それとも結婚したか。あるいは身を固めて、この街のどこかに暮らしているかもしれないよ」

彼は少し考えた。「それはない」と言った。そして首を振った。「どうしてか教えよう。もし彼女がこの街に住んでいたなら、おれが見かけないわけはないからだ。ここに散歩が好きな男がいる。おれみたいな男だ。その男は十年かそこらずっと通りを歩き続けてきた。そのあいだ彼の目は一人の人間だけを求めてきた。しかしその姿はどこにも見あたらなかった。彼女がこの街に住んでいないということは、これで証明されるんじゃないかね？　部分的にはしょっちゅう見かけているよ。ぺちゃんこの小さなお尻《しり》、せかせかとまっすぐに歩いていく痩《や》せた娘たち――」、僕が自分の顔を見つめていることにはっと気づいたみたいに、彼は話を中断した。「あんた、おれの頭がおかしくなったと思ってるのか？」

「いや、あんたが彼女に恋をしているとは知らなかったというだけだ。そこまでね」

そう口にしたそばから、言わなければよかったと思った。彼はどぎまぎしていた。そして写真をかき集め、封筒に戻した。僕は腕時計に目をやった。予定があったわけではないが、引き上げ時だった。

「ちょっと待ってくれ」と彼は言って、僕の手首を摑《つか》んだ。「ああ、たしかにおれはあの子のことが好きだったよ。でもな、彼女に手を触れたいとかそういうんじゃないんだ」、そして真顔で付け加えた。「そういう類《たぐい》のことをちらりとも考えないと言っているんじゃないぜ。この年になってもだよ。おれは一月の十日で六十七になるが、不思議なことに、年を取るにつれてその手のものごとってのは、ますます気にかかるようになってくるみたいだ。若い時分だって、こんなにしょっちゅうは考えていなかったような気がする。ところが今じゃ、ことあるごとに頭に浮かぶんだよ。つまり年を取ってくると、考えるだけでそれを実行することがだんだんむずかしくなってくる。たぶんそのせいで思いが頭の中に閉じこめられて、重荷のようになっていくんだろう。年寄りが何か恥ずかしい事件を起こしたというニュースを新聞で読むたびに、おれは思うんだ。これは重荷のなせるわざなんだって。しかしな」、彼はそう言って、ウィスキーをグラスにいくらか注ぎ、生《き》のまま飲んだ。「おれはそんなみっともない真似はしないぜ。そしてホリーについていえば、あの子に妙なことをしようなんて、これっぽっちも思ったことはない。神に誓ってな。そういうややこしい考えなしに誰かを好きになるってことはちゃんとできる。しかるべき距離を置いて、その相手と友だちでいられるんだ」

二人の男が店に入ってきた。引き上げる頃合いだった。ジョー・ベルは戸口までついて来た。そして僕の手首をまた摑んだ。「さっきのことを信じてくれるか？」

「彼女に手を触れたいと思わなかったってこと？」

「いや、アフリカの話さ」

そのときにはもう、それがどんな話だったかうまく思い出せなくなっていた。僕の頭にあるのは、馬に乗って去っていく彼女のイメージだけだった。「いずれにせよ、彼女の行方はわからない」

「ああ」と彼は言って、ドアを開けてくれた。「ああ、行方はわからん」

外に出ると雨はあがっていた。空気の中に細かい水滴が混じっているのが感じられるだけだ。だから僕は角を曲がり、ブラウンストーンの建物のある通りを歩いてみた。通りには並木があり、それは夏になると涼しい影の模様を舗道に落としてくれる。しかし今、樹木の葉は黄色く染まり、おおかたは散ってしまい、雨に濡《ぬ》れた落ち葉はつるつると滑りやすくなっていた。ブラウンストーンの建物はブロックの真ん中にあり、となりには教会があった。教会には青い時計塔がついていて、一時間ごとに時を告げた。僕が住んでいたころに比べると、建物は小綺麗《こぎれい》になっていた。玄関には曇りガラスのドアのかわりに、スマートな黒いドアがついている。窓には灰色のエレガントな鎧戸《よろいど》が取り付けられていた。マダム・サフィア・スパネッラを別にすれば、僕が知っている人はもう一人もその建物に住んでいない。マダム・スパネッラはハスキーな声のコロラトゥーラ歌手で、毎日午後になるとローラースケートをやりにセントラル・パークに出かけた。彼女がまだそこに住んでいることがなぜわかったかというと、僕はわざわざ階段を上がって郵便受けを点検してみたからだ。ホリー・ゴライトリーの存在を最初に知ったのも、その郵便受けだった。

そのアパートメントに移ってきて一週間ばかりたった頃、二号室の郵便受けの名札入れにいささか風変りなカードが入っているのが目にとまった。社交用の名刺みたいにあらたまった書体で印刷されており、「ミス・ホリデー・ゴライトリー」、その下の隅に「旅行中《トラヴェリング》」とあった。それはまるで歌の文句みたいに僕の耳に残った。「ミス・ホリデー・ゴライトリー、トラヴェリング」

ある夜、もうとっくに十二時をまわっていたと思うのだが、ユニオシさんが階段の下に向けて怒鳴る声で、僕は目を覚ました。彼はいちばん上階に住んでいたので、そのいらいらした剣のある声は建物中に響き渡った。「ミス・ゴライトリー！　私は断固抗議しますぞ！」

それに対して、階段のいちばん下から立ち上るように返ってきた声には、若さにつきものの他愛なさと、どこか一人でおかしがっているような趣があった。「あら、ダーリン。ほんと、ごめんなさいね。鍵《かぎ》をなくしちゃったものだから」

「いつもいつもうちの呼び鈴を押されては困るんだ。お願いだから、後生だから、合い鍵を作ってください」

「でも、作るそばからなくしちゃうの」

「私は仕事をしている。眠らなくちゃならんのです」とユニオシさんは怒鳴った。「なのに、いつもあなたがうちの呼び鈴を押すものだから……」

「ああ、ほんとにごめんなさいね。かわいいおちびさん。これがほんとに最後。そしてもう怒らないでくださるのなら」――彼女の声はだんだん近くに寄ってきた。階段を上ってきたのだ――「私の写真を撮らせてあげてもいいかも。この前話していたようなやつ」

そのころには僕はもうベッドを出て、ドアを一インチばかり開けていた。僕はユニオシさんの沈黙を聞き取ることさえできた。聞き取る、というのは、その沈黙の裏にある息づかいが目に見えて変ったからだ。

「いつ？」と彼は言った。

娘は笑った。「そのうち」と彼女は答えた。語尾をひきずりながら。

「いつでも」と彼は言って、ドアを閉めた。

僕は廊下に出て、手すりから身を乗り出すようにして下をのぞいた。こちらの姿は見えないようにして。彼女は階段を上って、踊り場に近づいているところだった。男の子のような髪には様々な色が混じり合っていた。黄褐色の筋があり、白子のようなブロンドと黄色の混じった房があり、それらが廊下の明かりを受けて光っていた。ほとんど夏のような暖かな夜で、彼女はほっそりしたクールな黒いドレスに、黒いサンダルをはき、真珠の小さなネックレスをつけていた。その身体《からだ》はいかにも上品に細かったものの、彼女には朝食用のシリアルを思わせるような健康な雰囲気があり、石鹸《せっけん》やレモンの清潔さがあった。両方の頰には飾り気のないピンクの色が濃く差していた。口は大きく、鼻は上を向いていた。両目はサングラスで隠されて見えない。子供時代は過ぎていたが、まだ女にはなりきっていない顔だ。十六歳から三十歳のどの年齢と言われても不思議はない。後日わかったことだが、彼女はあと二ヶ月で十九歳の誕生日を迎えるところだった。

彼女は一人ではなかった。うしろから一人の男がついてきた。そのむくむくした手が彼女の腰をつかもうとしている様は、何かしら正しくないことに見えた。道徳的にというよりは、審美的な意味で。背が低く、横幅のある男だった。人工的に日焼けし、ポマードで頭を固めている。肩の張ったピンストライプの背広を着て、襟に差された赤いカーネーションはしなびている。ドアの前に着くと、彼女は鍵を求めて小さなハンドバッグの中をごそごそと探し回った。男の分厚い唇がうなじを這《は》っていることはとくに気にとめなかった。ようやく鍵を見つけ、ドアを開けると、彼女は男の方を向いて、礼儀正しく言った。「どうもありがとう、ダーリン。わざわざ戸口まで送って下さって感謝してるわ」

「よう、ベイビー！」と閉まりかけたドアに向かって男は言った。

「なあに、ハリー？」

「ハリーはべつの男だよ。おれはシド、シド・アーバックだ。おれのこと好きだって言ったじゃないか」

「あなたはとびっきり素敵だわ、アーバックさん。でも、おやすみなさい、アーバックさん」

アーバック氏はドアがしっかりと閉められるのを、心底面食らったように睨《にら》んでいた。「よう、ベイビー。中に入れてくれよ、ベイビー。おれのことが好きなんだろ。おれってみんなに好かれるんだよ。勘定だっておれが払ったんだぜ。あんたの友だちだっていう五人のぶんもな。これまで一度も会ったことのないやつらだったけどさ。だから、そんな風にすげなくすることないだろうよ。なあ、おれのことが好きなんだろ、ベイビー」

男はドアをそっと軽く叩《たた》いていたが、そのうちに大きな音でどんどんと叩き始めた。最後には何歩か後ろに下がり、低く身を屈《かが》めた。そのまま突進して、ドアを叩き破ろうとしているみたいに見えた。でもそうするかわりに、彼は壁にこぶしを叩きつけながら階段を走り降りていった。彼が階段のいちばん下に着くのを見はからうように、部屋のドアが開き、娘が首をのぞかせた。

「ねえ、アーバックさん」

彼は振り向いた。安堵《あんど》の笑みが彼の顔に油のように広がっていった。ああ、そうか、ちょっと焦《じ》らせていただけなんだ。

「この次どこかの女の子に、洗面所に行きたいんだけど、チップのための小銭をお持ちかしらと言われたときには」と彼女は声をかけた。そこには男を焦らせるような響きはなかった。「いいこと、ダーリン。二十セントぽっちを渡したりしないことね！」

彼女はユニオシ氏との約束を守った。というか、少なくとも彼の部屋の呼び鈴を押すのはやめたらしい。それ以降は僕の部屋の呼び鈴を押すようになったからだ。午前二時か、三時か、四時か、そのあたりに。玄関のロックを開けるために、僕が何時にたたき起こされようと、彼女にはそれはまったく気にならないみたいだった。僕には友だちはほとんどいなかったし、ましてやそんな時刻にうちを訪れるような人間はいなかったから、それが彼女であることは明白だった。しかし最初の数回は、何か凶事を知らせる電報でも届いたのかと思いながら僕は戸口に向かった。するといつもミス・ゴライトリーの声が聞こえてきた。「ごめんなさいね、ダーリン——鍵を忘れちゃったの」

もちろん僕らのあいだには親交はなかった。実際には階段や通りでしばしば顔を合わせていたのだが、向こうには僕の存在なんてほとんど目にも入らないみたいだった。彼女は常にサングラスをかけて、粋《いき》なかっこうをしていた。着る服はとてもさっぱりとしていて、そこには揺らぐことのない趣味の良さがうかがえた。色はブルーかグレーが多く、生地もつやつやしたものではなかったので、その結果彼女自身がずいぶん輝いて見えることになった。彼女は写真モデルのようにも見えたし、あるいはまた駆け出しの女優のようにも見えた。しかしその生活時間帯を考えると、そのどちらをやる余裕もなさそうだった。

　ときどきうちの近所から離れたところで彼女と鉢合わせすることもあった。訪ねてきた親戚《しんせき》が一度僕を「トゥエンティー・ワン」に連れて行ってごちそうしてくれたが、そこの上席になんとミス・ゴライトリーが、四人の男たちに囲まれて座っていた。アーバック氏の姿はその中になかったが、四人のうちの誰が彼と入れ替わってもさして違和感はなさそうだった。ミス・ゴライトリーは人目をはばからず、悠然と髪を梳《す》いていた。その表情や、かみ殺したあくびは、ニューヨークでも有数のファッショナブルなレストランで食事をしているんだという僕の気持ちの高ぶりに、みごとに水を差してくれた。別の夜、真夏のことだが、部屋の暑さが耐えきれなくなって、僕は通りに出ていた。サード・アヴェニューを五十一丁目通りに向けて歩いたところに一軒の骨董屋《こっとうや》があり、そのウィンドウに心惹《こころひ》かれる品物が飾ってあった。宮殿のかたちをした鳥かごだ。尖塔《せんとう》のついたモスクと、竹でできたいくつもの小房が、おしゃべりなオウムたちによって満たされるのを渇望《かつぼう》していた。しかし三百五十ドルという値札がついていた。その帰り道、「P・J・クラーク」の前にタクシー運転手たちが群がっているのが目についた。酒の入ったオーストラリア陸軍の将校たちのグループが、陽気に声を張り上げて『ワルツィング・マティルダ』を合唱しているのを見物しているらしかった。将校たちは歌いながらかわるがわる一人の娘と、高架鉄道の下の石畳みで、くるくる輪を描くように踊っていた。その娘は、誰あろうミス・ゴライトリーだった。
彼女は兵隊たちの腕の中で、まるでスカーフみたいにふわふわと舞っていた。

ミス・ゴライトリーは、呼び鈴を押す便利な相手という以外には、僕のことなど眼中にもなかったみたいだが、その夏のあいだに僕の方は、彼女についてのひとかどの権威になっていた。ドアの前に置かれたごみ箱を観察することによって、彼女の読書がおおむねタブロイド新聞と旅行パンフレットと星占いの天宮図によって占められていること、吸っている煙草《たばこ》がピカユーンという謎《なぞ》めいたブランドであること、コテージ・チーズとかりかりのトーストで生命を維持しているらしいということ、いろんな色合いの入り混じった髪は自分で染めているらしいということを発見した。また同じ情報源から、彼女が大量のVメール（訳注　海外にいる兵士からの郵便）を受け取っていることもわかった。それらはいつも、まるで本のしおりのように細くちぎられていた。僕はときどき通りがかりに、それらのしおりのひとつを拾い上げたものだった。「覚えているかい」とか「会いたい」とか「雨が」とか「返事を書いて」とか「くそ」とか「いまいましい」といった言葉が、そこにもっとも頻繁に見受けられる言いまわしだった。あとは「寂しい」とか「愛を」とか。

彼女はまた猫を一匹飼っており、ギターも弾いた。日差しの強い日には髪を洗い、茶色の雄の虎猫《とらねこ》と一緒に非常階段に座って、ギターをつま弾きながら髪を乾かした。その曲が聞こえると、僕はいつもそっと窓際《まどぎわ》に行って、耳を澄ませた。彼女はとても上手にギターを弾き、ときどきはそれにあわせて歌いもした。まるで変声期の少年のようなしゃがれた、割れがちな声だった。彼女はミュージカルのあらゆる曲を知っていた。コール・ポーターやらクルト・ワイルやら。とりわけ『オクラホマ！』の中の曲がお気に入りだった。『オクラホマ！』はその夏のヒット・ミュージカルで、いたるところでその音楽が聞かれたものだ。しかし中にはいったいどこでこんなものを覚えたのだろう、彼女はいったいどこからやってきたのだろうと、いぶからずにはいられないような不思議な曲もあった。それらは粗っぽいけれど、同時に優しさを持ったとりとめのない歌で、松林や大平原を思わせる歌詞がついていた。こんなものもあった、「眠りたくもない。死にたくもない。空の牧場をどこまでもさすらっていたい」。どうやらこの歌が彼女のいちばんのお気に入りのようだった。というのは髪がすっかり乾いてしまったあとでも、いつまでもこの曲を歌い続けていたからだ。太陽が沈んで、薄暮の中で家々の窓に明かりが灯《とも》り始めるころになっても。

しかし九月になり、夕暮れの空気にひんやりとした秋の最初の気配が感じられるころまで、我々が知り合いになることはなかった。僕は映画を見てから家に帰り、バーボンのナイトキャップを手にベッドに入り、シムノンの最新刊を開いた。これ以上はくつろげないというくらいくつろいだ気分になっていたので、胸の中で不穏な気持ちが広がっていくことに、長いあいだ気がつかなかった。心臓がどきどき音を立て始めて、やっとそれに思い当たった。そういう胸騒ぎについて僕は本で読んだこともあったし、文章に書いたこともあったのだが、実際に体験するのは初めてのことだ。それは自分が見られているという気配だった。部屋の中に誰かがいるという気配だった。そのとき突然、窓をこんこんと叩く音がした。幽霊のような灰色の影がちらりと見えた。僕は思わずバーボンをこぼしてしまった。気持ちを落ち着け、窓を開けに行くまでに少し時間がかかった。そして僕はミス・ゴライトリーに「どんなご用でしょうか？」と尋ねた。

「下にとってもおっかない男の人が来ているの」と彼女は言った。そして非常階段から僕の部屋に足を踏み入れた。「飲んでないときには優しい人なんだけど、ワインを飲ませたら、そりゃもう、とんでもないケモノになっちゃうわけ。私にどうしても我慢できないものがあるとしたら、それはなんたって嚙《か》みついてくる男よね」。彼女は灰色のフランネルのバスローブの前をゆるめ、肩を出して、男に嚙みつかれたらどうなるか、その証拠を見せてくれた。そのローブのほかには彼女は何も身にまとっていなかった。「あなたを脅かすつもりはなかったの。あのケモノにとことんうんざりして、私はこっそり窓から出てきたの。たぶんバスルームにいると思っているはずよ。ふん、あいつが何をどう思おうが私の知ったことですか。ほんとに頭に来るんだから。そのうちに疲れて、寝てしまうと思うの。まったくの話、寝ちゃわないわけにはいかないわよ。食事の前に八杯もマティーニを飲んで、象が洗えちゃうくらいワインを飲んだんだもの。ねえ、邪魔なら追い出してくれていいのよ。こんな風にひとの部屋に押しかけるのが厚かましいことだってのは、よくわかっているから。でもなにしろ非常階段はしんしんと冷えるし、あなたはずいぶんあったかそうなひとに見えたから。兄のフレッドみたいにね。私たちは昔四人で一緒に寝てたんだけど、冷える夜に抱きつかせてくれるのは、フレッドだけだった。ねえ、あなたのことをフレッドって呼んでいいかな?」、彼女は今ではすっかり部屋の中に入っており、そこに立ってじっと僕を見ていた。サングラスをかけていない彼女を見るのは、それが初めてだった。サングラスが度入りであることは明らかだった。というのは眼鏡をかけていない彼女の目は、宝石鑑定士みたいにぎゅっとすぼめた目で、探るようにこっちを見ていたからだ。瞳《ひとみ》は大きく、いくぶん青く、いくぶん緑で、いくぶん茶色だった。髪と同じようにあちこち色が混じっている。そして髪と同じように生き生きとした温かな光を放っていた。「私のことを果てしなくずうずうしい女だと思っているでしょう。それとも脳たりん《トレ・フー》とか。なんかそんな風に」

「そんなこと思ってないよ」

彼女はあてがはずれたみたいだった。「ふん、思ってるわよ。みんなそうなんだから。でも別にいいんだ。そう思われてる方がらくちんだもの」

彼女は安定の良くない赤いビロード張りの椅子《いす》のひとつに両脚を折って座り、部屋の中をちらちら見まわした。彼女の目はますますはっきりすぼめられた。「よくこんなところに住めるもんだ。これじゃまるで『惨劇の部屋』じゃない」

「まあ、何にでも慣れちゃうものだから」と言ったものの、心中穏やかではなかった。というのは僕はこの部屋をそれなりに誇りに思っていたからだ。

「私は違うな。何にでも慣れたりはしない。そんなのって、死んだも同然じゃない」、彼女はけちをつけるような目でもう一度部屋をぐるりと見まわした。「あなたはここで一日何をしているの？」

僕は本と紙が積み上げられた机を示した。「ものを書いているんだ」

「作家ってもっと年をとっているものだと思っていたわ。もちろんサロイヤンは年寄りじゃないけど。一度パーティーでサロイヤンに会ったことあるけど、ぜんぜん年寄りじゃなかった。ただし」と彼女は言って考え込んだ。「もう少しきれいに髭《ひげ》を剃《そ》ってればねえ……ところでヘミングウェイって年寄り?」

「四十代だと思うね」

「悪くないな。私は四十二歳以上の男じゃないと燃えてこないのよ。馬鹿《ばか》な女友だちが一人いて、私にいつも精神科の医者に診てもらえっていうの。ファザー・コンプレックスに違いないからって。とことん詰まらないことを言うわよねえ。だって私は年上の男を好きになるように、自分をせっせと訓練したってだけのことなのよ。そしてそれは文句なしの大正解だったわ。サマセット・モームっていくつくらい?」

「よく知らないな。たぶん六十代じゃないかな」

「悪くないわね。作家とベッドをともにしたことって、まだ一度もないの。いや、ちょっと待って。あなたベニー・シャクレットって知ってる?」、僕が首を振ると、彼女は眉《まゆ》をひそめた。「変ねえ。ラジオの脚本をいっぱい書いている人なんだけど。でもね、こいつが掛け値なしのネズミ野郎なの。ねえ、あなたって本物の作家なの?」

「本物のというのがどういう意味かによるけどね」

「早い話、あなたの書いたものを買う人がいるかどうか」

「まだいない」

「あなたのことを助けてあげる」と彼女は言った。「ほんとにできるのよ。私は顔の広い人たちと知り合いなんだから。あなたを助けてあげたいと思うのは、兄のフレッドによく似ているからよ。背が低いだけで。私が家を飛び出したのは十四歳の時で、それ以来フレッドには会ってないんだけど、そのときでももう六フィート二インチあった。ほかの男兄弟はみんなあなたくらいの背丈だった。つまりちびだったわけ。フレッドの背がそんなに伸びたのはピーナッツ・バターのおかげなの。フレッドが山ほどピーナッツ・バターを食べるのを見て、みんな馬鹿にして笑ったわ。フレッドがこの世の中で好きなのは、馬とピーナッツ・バターだけ。でもフレッドは頭がおかしいわけじゃない。とても優しくて、頭がぼんやりして、考えるのにすごく時間がかかるってこと。私が家出したとき、八年生を三回やっていた。かわいそうなフレッド。軍隊で好きなだけピーナッツ・バターが食べさせてもらえるといいんだけど。ああ、それで思い出した。私、おなかがぺこぺこなんだ」

僕は鉢に盛られたりんごを指さしながら、でもどうしてそんなに若いうちに家を出ることになったのと訊《たず》ねた。彼女はぽかんとした顔で僕を見て、それからむずがゆいところでもあるみたいに、鼻をこすった。その動作が何度か繰り返されるのを見ているうちに、これは「立ち入った質問はされたくない」という彼女なりのシグナルなのだと思いあたった。聞かれもしないのに、自らの内情をあけすけに好んでしゃべりたがる人が往々にしてそうであるように、彼女は直接的な質問をされたり、細部の説明を求められたりすると、とたんに防御が固くなった。彼女はりんごを一口囓《かじ》り、言った。「あなたが書いているものの話をして。どんなお話なの？」

「そいつがむずかしいんだ。口で説明しにくい話だから」

「いやらしい話なの？」

「いつか読ませてあげるよ」

「ウィスキーとりんごって合うのよ。一杯いただけないかしら、ダーリン。それからお話をひとつ読んでちょうだい」

自作を朗読してくれという誘いに抵抗できる作家はほとんどいないし、まだ書いたものが活字になっていない作家ともなれば、なおさらである。僕は二人ぶんの酒を用意し、向かいの椅子に腰を下ろし、彼女に向かって朗読を始めた。僕の声は緊張と熱意のためにいくぶん震えていた。それは前日に書き上げたばかりの新しい短編小説であり、「ここにはまだまだ改良の余地がある」というあの不可避な感覚が訪れる以前の段階にあった。ひとつの家で一緒に暮らしている二人の女性の話だ。どちらも学校の先生、一人が結婚してそこを出ていくことになり、もう一人はその結婚を妨害するために、スキャンダルを暴露する匿名《とくめい》の手紙をばらまく。声に出して読みながら、彼女の方をときどきちらりと見たが、そのたびに心臓が縮む思いだった。彼女はいかにも落ちつかなげにもぞもぞしていた。灰皿の中の吸い殻をぼろぼろにほぐし、手の爪《つめ》をあてもなく眺め、やすりがあればなあという顔をしていた。しかしそれだけならまだいい。ようやく物語が彼女の関心を引いたと見えたとき、彼女の目にはくっきりと膜がかかっていた。どこかの店のウィンドウでこのあいだ見かけた靴を買おうか買うまいか思案しているみたいな顔だ。

「それでおしまい？」、彼女は目を覚ましたようにそう言った。それに続く言葉を懸命に探した。「私自身はレズの子って好きよ。怖いなんて思わない。でもね、レズがどうこうって話にはとことん退屈しちゃうんだ。そういう人たちの気持ちってちっともわかんないんだもの。だって、ダーリン」と彼女は、言葉を失っている僕の顔を見とがめて言った、「それって二人の年を食ったレズ女の話でしょ？　じゃなきゃ、何の話なのよ、いったい？」

自作を朗読するだけでも間違いだったのに、その上自分の作品の説明をする愚まではおかしたくはなかった。そのような窮地に僕を追い込むもとになった虚栄心が、この女は愚かしい、ただのちゃらちゃらした無内容な人間なんだと僕に思いこませようとしていた。

「それはそうと」と彼女は言った、「あなたの知り合いに、気だてのいいレズの子っていない？　私はルームメイトを捜しているわけ。ねえ、笑わないでよ、私ってうちの片づけがぜんぜんできないんだけど、かといってメイドを雇うような余裕はまるでない。で、実の話、レズの子ってなにしろマメなのよね。家事はなんだって進んでやってくれるし。掃き掃除やら、冷蔵庫の霜取りやら、クリーニング屋に服を持っていくことやら、こっちはそんなことすっかり忘れちゃえるわけ。ハリウッドに住んでいるときにルームメイトがいて、その子は西部劇に出ていたんで、ローン・レンジャーって呼ばれていたの。でもその子のためにはっきり言っておくけど、一緒に暮らすには男なんかよりずっと良かったな。もちろんまわりの人には、私にも少しはそういう気があるだろうと思われたわよ。そりゃ少しはあるかもしれない。誰にだってそういう気はちっとはあるんじゃないかしら。だからどうだっていうのよ？　それで男たちが寄ってこないってわけじゃないんだもの。というかむしろ、そういう方が男の人たちは燃えちゃうみたい。だって、そのローン・レンジャーなんて二回も結婚しているのよ。ふつうレズの子って一回しか結婚しないの。ただ名義ほしさにね。一度でも結婚しちゃえばそのあともずっとミセスなんとかって名乗ることができるでしょ。ああ、なんてことかしら!」、彼女はテーブルの上の目覚まし時計をまじまじと見た。「もう四時半だなんて、信じられない!」

窓の外で空が明るくなり始めていた。夜明けを知らせる微風がカーテンをはたはたと揺らせていた。

「今日は何曜日?」

「木曜だよ」

「木曜日!」、彼女は立ち上がった。「大変だわ」と彼女は言った。そしてうめきながら、椅子にまた座り込んだ。「ああ、めげちゃう」

僕はくたくたに疲れていて、好奇心もうまく働かなかった。ベッドにごろんと横になり、目を閉じた。それでもやはり質問しないわけにはいかなかった。「木曜日のどこがそんなにめげちゃうんだい?」

「べつにそんなひどいことじゃないのよ。ただ木曜日がくるのを、いつだってつい忘れちゃうっていうだけ。だからさ、木曜日の朝には八時四十五分発の電車に乗らなくちゃならないの。面会時間はすごく厳密に決められているから。それで十時前に到着すれば、あの気の毒な人たちがお昼ご飯をとる前に、まるまる一時間、面会時間がとれるわけ。考えてもみてよ。午前十一時にお昼ご飯が出ちゃうのよ。もちろん二時に行くこともできるし、私としちゃその方がずっとありがたいんだけど、彼は朝のうちに来てほしいっていうの。そうすれば残りの一日が溌剌《はつらつ》と過ごせるからって。ああ、こうなったらもう、ずっと起きてなくっちゃね」と彼女は言って、頬を赤みが差してくるまでぴたぴた叩《たた》いた。「寝ているような時間はないもの。でもこんなじゃきっと、肺病患者みたいに見えちゃうわね。安普請《やすぶしん》のぼろアパートみたいに。そんなことは許されない。女の子がしょぼい顔してシンシン刑務所に行ったりしちゃいけないのよ」

「それはそうかもしれない」。朗読のことで彼女に感じていた怒りは、今ではもう遠のいていた。僕の心は再び彼女に釘付《くぎづ》けになっていた。

「面会に来る人はみんな、きれいに見えるように精いっぱい努力するの。女の人たちが一生懸命に着飾ってやってくるのを見ると、なんだか胸が温かくなる。そりゃ素敵なんだから。年取った人も、見るからに貧乏な人も、少しでも見栄《みば》えをよくするために、少しでもいい匂《にお》いをさせるために、なるったけの努力を払うわけ。そういう心持ちがじんとくるわけ。子どもたちも可愛《かわい》いったらないわね。とくに黒人の子どもたちときたら。奥さんたちが一緒に連れてくる子どものことよ。そういうところに来る子どもたちを目にしたら、可哀想《かわいそう》だなって思うべきなんでしょうね。でもそうじゃないんだ。子どもたちは髪にリボンを結び、靴をぴかぴかに光らせている。アイスクリームがぴったり似合いそうな雰囲気なの。ときどきは面会室全体が、パーティーかなにかみたいに見えちゃうこともある。よく映画に囚人との面会のシーンが出てくるじゃない。ほら、金網越しに暗い声でぼそぼそ話をする、みたいなやつ。でも実際は違うのよ。金網なんてない。ただカウンター越しに話をするだけ。子どもたちは、ハグされるためにカウンターの上に乗ることもできるの。相手にキスしたければ、ただ前に身を乗り出せばいいだけ。私が何より好きなのは、誰もが相手に会えて心から嬉《うれ》しがっているってことなの。今度会ったらこんなことを話そうって、みんないっぱい胸にため込んでいるものだから、退屈している暇なんかないの。声を上げて笑いあって、両手をじっと握りあっているだけ。でも面会が終わると、様子が一変してしまう」と彼女は言った。「帰りの電車の中で見かけるそういう人たちは、みんな黙り込んで川の流れを見つめているだけ」、彼女は髪を一房、口元までひっぱってきて、考え込むようにその先っぽを軽く嚙《か》んだ。「あなたをつきあわせるつもりはないから、寝ちゃっていいわよ」

「いいよ。僕は興味があるんだ」

「あなたが興味を持ってることはわかる。だからこそ眠りなさいって言っているんじゃないの。だってこの話を続けていたら、どうしてもサリーの話になってくるし、それはあまり正しいことじゃないかもしれない」、彼女は自分の髪を静かに吸っていた。「誰にもその話をするなと言われたわけではないのよ。少なくとも面と向かってはね。でもこれがまったく変てこな話なの。名前やら細かいところやらを違えて、小説の中に使うといいわ。ねえ、フレッド」と彼女は言って、もう一個のりんごに手を伸ばした。「あなたは胸で十字を切って、自分の肘《ひじ》にキスをして――」

たぶん軽業師なら自分の肘にキスできるのだろう。僕の場合、それに近いことをするあたりで、許してもらわなくてはならなかった。

「じゃあ話すけど」と彼女は口いっぱいにりんごをほおばりながら言った。「あなたもひょっとして新聞で読んで、彼のことは知っているかもしれない。名前はサリー・トマト。この人の英語ったら、私のイディッシュ語よりもっとお粗末なわけ。でもとてもやさしいおじいさんで、驚くばかりに信心深いの。金歯さえなかったら、お坊さんみたいに見えちゃうわね。毎晩私のために祈ってくれているんだって。もちろん彼が私のいい人だったとか、そういうんじゃないの。だって、私たちが知り合いになったのは、彼が刑務所に入ってからなんだもの。でも、この七ヶ月のあいだ毎週木曜日に会いに行って話して、今では素敵な人だと思うようになったわ。たぶんお金がもらえなくても会いに行くんじゃないかな。こいつへなへななね」と彼女は言って、齧りかけのりんごを窓の外に投げ捨てた。「でもね、それ以前にもサリーを見かけたことはあったのよ。そこの角にあるジョー・ベルのバーにちょくちょく来ていたから。誰に話しかけるでもなく、ただじっとそこに立っているの。ホテルの部屋で一人暮らしをしてる人みたいな感じで。でもそのときのことを思い出して、あの人が実は私のことをしげしげと眺めていたんだとわかると、なんだか笑っちゃうわね。なんでそれがわかったかっていうと、彼が刑務所に送られて（ジョー・ベルが新聞に載った彼の写真を見せてくれたわ。黒手組とか、マフィアとか、そういうわけのわからないこと。でもとにかく五年の実刑をくらったのよ）、その直後に弁護士から電報が届いたの。即刻連絡をいただきたい。あなたのためになる話だから、とそこには書いてあった」

「誰かが百万ドルを遺産として残してくれたとか？」

「そんなことはぜんぜん思いつきもしなかったな。バーグドーフ（訳注　ニューヨークの高級百貨店）が溜《た》まった洋服代のつけを取り立てようとしているんだと思ったくらい。でもとにかく、私は意を決してその弁護士に会いに行ったわ。でも本物の弁護士かどうか、あやしいものね。というのはこの人、事務所を持っていないみたいなのよ。電話の応答サービスがあるだけで、会うときにはいつも『ハンバーグ・ヘヴン』を指定されるの。なにしろでぶの男で、そこでハンバーガーを十個と、つけあわせの刻みピックルスをボウルに二杯と、レモン・メレンゲ・パイを丸ごと一つぺろっと食べちゃうわけ。彼は私に言った。孤独な老人を元気づけてあげて、お小遣いとして週に百ドルを受け取るっていうのはどうかねって。言ってやったわ。あのね、ミス・ゴライトリーを見損なわないでちょうだい。私は片手間にいやらしいサービスをする付き添い看護婦なんかじゃありませんからね。報酬だってどうってことはない。それくらいのお金なら、化粧室に行くだけでもらえるんだもの。たしなみのある男性なら、女の子が化粧室に行きたいって言えば、五十ドルは渡してくれるわ。それにいつもタクシー代をいただくことにしているの。それでまた五十ドルは手に入る。でも私が断ると、その依頼人というのは実はサリー・トマトなんだと弁護士は打ち明けた。サリーはいつも遠く《ア・ラ・ディスト》から《ーンス》私を眺めて、憧《あこが》れていたんだって。だから週に一度彼に面会に行ってあげるというのは善行を積むことになるんだよって。そう言われたら、まあむげには断れないじゃない。だってとってもロマンチックなんですもの」

「そう言われても、なんだか納得できない話だよ」

彼女は微笑《ほほえ》んだ。「私が嘘《うそ》をついているっていうの？」

「だって、誰でも自由に囚人に面会できるわけじゃないだろう」

「もちろんよ。規則はとてもうるさいんだから。だから彼の姪《めい》っていうことになっている」

「ほんとにただそれだけなの？　一時間話をして百ドルもらえるわけ？」

「払うのは彼じゃなくて、弁護士よ。私が天気予報を伝えるとすぐに、オショーネシーさんが郵便でキャッシュを送ってくれるの」

「そのうちに大きな面倒に巻き込まれかねないぜ」と僕は言って、電灯のスイッチを切った。もう明かりをつけておく必要はなかった。部屋の中はすっかり明るくなっていたし、鳩《はと》たちが非常階段でくうくうと鳴いていた。

「たとえばどんな？」と彼女が真剣な顔で尋ねた。

「身分を詐称《さしょう》することについての罰則があるはずだよ。そもそも君は彼の本当の姪じゃないんだもの。それにその天気予報っていうのはなんだい？」

彼女は手で口を押さえながらあくびをした。「たいしたことじゃないの。電話の応答サービスにメッセージを残しておくの。そうすれば私が面会に行ったという証拠になるでしょう。サリーは行くたびにその日のメッセージを教えてくれるわけ。ほら、たとえば『ハリケーンがキューバに来た』とか、『パレルモには雪が降っている』とかね。だから心配することないのよ、ダーリン」と言って、彼女はベッドの方にやってきた。「いつだって自分のことは自分でちゃあんとやってきたんだから」。朝の光が彼女の身体《からだ》を屈折して抜けてくるみたいだった。掛け布団《ぶとん》を僕の顎《あご》のところまであげたとき、ホリーはまるで透明な子どものように輝いていた。それから彼女は僕の隣に横になった。「こうしてていい？　私はちょっと休みたいだけなの。だからもう何も言わないで。そのまま寝ちゃって」

　僕は寝ているふりをした。大きく、規則正しく呼吸をした。隣の教会の鐘が半時を告げ、正時を告げた。彼女が僕の腕に手を置いたのは六時のことだった。僕を起こさないようにそっと注意深く。「かわいそうなフレッド」と彼女は囁《ささや》くように言った。僕に話しかけている風だったが、実際はそうではなかった。「どこにいるの、フレッド？　とても寒いのよ。風には雪が混じっている」、彼女の頬が僕の肩に載せられた。温かく湿った重みが感じられた。

「どうして泣いてるの？」

　彼女はさっと跳ねのき、身体を起こした。「何さ、もう」と彼女は言って、急いで窓の方に向かい、非常階段に出た。「覗《のぞ》き屋って大嫌い」

　翌日の金曜日、帰宅するとドアの外にチャールズ・アンド・カンパニーの豪華な花のバスケットが、例の「ミス・ホリデー・ゴライトリー、旅行中」という名刺とともにに置かれていた。名刺の裏にはまるで幼稚園児のような、唖然《あぜん》とするくらい稚拙な筆跡で、メッセージが書かれていた。「どうもありがとう、フレッド・ダーリン。このあいだの夜のことはごめんなさいね。あなたはとびっきり優しかったわ。深謝感佩《ミル・タンドレス》――ホリー。追伸、もうご迷惑はかけません」。僕は返事を書いた。「ご遠慮なくいつでも」と。そしてそのカードを街角の屋台の花屋で買ったスミレの束とともに、彼女のドアの前に置いた。僕に買えるのはそれくらいのものだった。

しかしもう迷惑をかけないというのはどうやら本気だったようだ。しばらくのあいだ彼女からは何の音沙汰《おとさた》もなかったし、姿も見かけなかった。あろうことか、建物の玄関の鍵《かぎ》をどこかで作らせたらしい。とにかく、彼女は僕の部屋の呼び鈴を鳴らすことをしなくなった。それが僕としては寂しかった。そして日々が過ぎ去っていくにつれて、僕はホリーに対してほとんど根拠のない恨みがましささえ感じるようになった。まるでいちばんの親友から見捨てられたときのような気分だ。孤独が生活にしのび込んできた。僕の心はなぜか落ち着かなかった。しかしだからといって、ほかの古い友人に会いたいという気持ちも湧《わ》いてこなかった。彼らは今では、砂糖も塩も入っていない料理みたいにしか感じられなかった。水曜日が来る頃にはもう、僕の頭はホリーのことや、シンシン刑務所とサリー・トマトのことや、化粧室に行く女性に五十ドルを手渡す男たちのいる世界のことでいっぱいだった。そんなこんなで、どうにも仕事に手が着かなかった。僕はその夜、彼女の郵便受けにメッセージを入れておいた。「明日は木曜日だ」と。翌日の朝、そのお返しに、つたない字で書かれた二枚目のメモが郵便受けに入っていた。「思い出させてくれてありがとう。今夜の六時くらいにうちに一杯やりにいらっしゃれるかしら?」

僕は六時十分まで待った。それからさらに五分を置いた。

ぎょっとするような男がドアを開けてくれた。葉巻とクニーシェのコロンの匂いがした。靴には高いヒールがついていた。その余分な数インチがなかったら、彼は正真正銘の寸足らずの物《もの》の怪《け》に見えたかもしれない。禿《は》げた斑点《はんてん》のある頭は、こびとの頭みたいに大きかった。そしてそこについた一対の耳は、それこそ本物のエルフのようにぴんと尖《とが》っている。目はペキニーズ犬を思わせた。憐《あわ》れみを持たず、少し出目になっている。耳と鼻からは毛がふさふさとのぞき、朝から伸びた髭《ひげ》が、顎に灰色の陰を落としている。握手した手には羽毛に覆《おお》われているような感触があった。

「あの子《キッド》は今シャワーに入っている」と彼は言って、隣の部屋から聞こえてくるしゃーっという水音を葉巻で示した。我々が立っていた部屋は(腰掛けられそうなものがどこにも見あたらなかったので立っていたわけだが)ついさっき引っ越しが終わったばかり、としか見えなかった。塗りたてのペンキの匂いが今にも漂ってきそうだ。スーツケースと、まだ開かれていないいくつかの梱包箱《こんぽうばこ》の他に、家具と呼べそうなものはひとつもなかった。梱包箱はテーブル代わりになっていた。ひとつにはマティーニを作る材料が置かれ、もうひとつにはスタンドと、ポータブル蓄音機と、ホリーの茶色の猫と、黄色いバラの花を盛った鉢が載っていた。本棚が壁の一面を占めていたが、棚一段のやっと半分が文献に埋められているだけだ。僕はすぐにその部屋になじんだ。その間に合わせせっぽい見かけがことのほか気に入ってしまった。

男は咳払《せきばら》いをした。「おたくは招待客？」

僕はうなずいたが、うなずき方が十分ではなかったらしい。その冷ややかな目は、僕の上にじろじろと注がれ、整然とした、探りを入れるような切れ目を刻み込んだ。

「たくさんの客がやって来るけど、おおかたは招待されてもいないんだ。あの子《キッド》とはつきあいが長いのかね？」

「そんなに長くはありませんが」

「よく知っているというわけじゃないのかね？」

「僕は上の階に住んでいるんですよ」

それで納得がいったようで、彼は肩の力を抜いた。「間取りは同じようなもの？」

「ずっと狭いです」

彼は煙草《たばこ》の灰を床に落とした。「まったくごみためみたいな部屋だ。たまらんね。あの子は金があるときだって、まともな暮らし方ってものをまるで知らんのだ」。彼のしゃべり方には痙攣《けいれん》するような金属的なリズムがあった。テレタイプみたいだ。「ところで」と彼は言った。「あんたはどう思うね？　彼女はそうなのかな、そうじゃないのかな？」

「そうって、何がですか？」

「まやかしかどうかってことだよ」

「まやかしとは思わないけど」

「そいつは間違っている。彼女はまやかしなんだよ。でもその一方でまた、あんたは正しい。だって彼女は本物のまやかしだからね。彼女は自分の信じている紛《まが》い物を、心底信じているんだよ。あの子をそこから引きはがすことは、誰にもできやしない。あたしは涙ながらに試みたことがあるんだ。ベニー・ポーランは世間で敬われている男だが、そのベニー・ポーランだって同じことを試みた。ベニーは内心彼女と結婚したいと思っていた。ところがあの子にはそんな気はさらさらなかった。ベニーはたぶん何千ドルもかけて、精神分析医たちのところに彼女を送りこんだ。中にはとても有名な医者もいて、こいつはなんとドイツ語しか話せないんだが、この医者でさえ匙《さじ》を投げた。誰をもってしても、彼女をそういう考えから引きはがすことは」――彼は拳《こぶし》を固めた。まるで触知できないものを叩《たた》きつぶそうとするみたいに――「できないんだよ。いつか試してみるといい。どんなものを信じているかを本人の口から聞き出してごらん。なあ、いいかね」と彼は言った。「あたしはあの子が好きなんだ。みんな好きさ。でもな、好きじゃないってやつも中にはいるんだ。あたしは好きだよ。とことん好きだ。あたしはセンシティブだし、そいつが理由だよ。感受性のある人間じゃなきゃ、あの子の良さはわからんのさ。詩人の素質がなきゃな。でもな、いいことを教えてあげよう。あんたは脳みそをぎゅうぎゅうしぼり、彼女のためを思ってさんざん尽くしてやる。ところがその見返りに受け取るのは、皿に山盛りの馬糞《ばふん》だ。例をあげるならだね――今のあの子はあんたにはどんな人間に見えるかね？　睡眠薬をひと瓶空けて人生を閉じ、あんたはそれを新聞記事で知ることになる――まさにそういうタイプの娘なんだ。あたしはその手のことを、あんたが足の指まで使っても数えられないほど目にしてきた。そういう子たちは誰ひとり頭がおかしいわけじゃなかった。にもかかわらずそうなっちまうんだ。なのにあの子の頭ときたら、ぜんぜんまともじゃないんだから」

「でもまだ若いじゃないですか。前途洋々というところでしょう」

「もし将来のことを言ってるのなら、あんたはまたまた考え違いをしている。二年ばかり前に西海岸で、ばっちり波に乗れそうなチャンスがあったんだ。運が回ってきて、上の方も乗り気になって、万事うまくいくところだった。しかしそんなときにどこかにわけもなく雲がくれしちまったりしたら、もう取り返しはつかんぜ。ルイーゼ・ライナーに聞いてみなって。ライナーはスターだったが、それでも取り返しはつかなかった。ところがホリーときたらスターどころか、まだ一本の映画にも出たことのない駆け出し女優だった。でもそれは『軍医ワッセル大佐』より前の話だ。その映画で彼女は文句なしに波に乗れるところだったんだ。あたしはそのへんをよく知っている。というのは、その後押しをしたのが、誰あろうあたしだったのさ」、彼は葉巻の先で自分を指した。「このO・J・バーマンだ」

　彼は「ああ、あなたがあの……」と言われるのを期待していたし、僕も喜んでそうしたいところだったが、残念ながらO・J・バーマンという名前は一度も耳にしたことがなかった。結局、彼はハリウッドで俳優エージェントをしているらしいということがわかってきた。

「あたしがあの子を掘り出したんだよ。サンタ・アニタでね。毎日競馬場をうろついていた彼女に目をつけたんだ。目をつけたといっても、あくまで仕事の上のことだけどな。やがてどこかの騎手のガールフレンドだってことがわかる。ケチな小物とくっついてるわけさ。あの子と別れろとあたしはその騎手に言う。そうしないと風紀課の警官に言いつけてやるからなと。ほら、なにしろそのときまだ十五歳だったんだよ。でも彼女にはきらりと光るものがあったね。あたしにはそいつがわかる。そう、ひしひしと感じるんだ。たとえこんなに分厚い眼鏡をかけていたとしても、ぽかんと大口を開けていても、オクラホマくんだりから流れて来たのか、南部の山奥から這《は》い出て来たのか、いっこうに見当もつかんとしてもだよ。今でもまだ、彼女がどこからやってきたのかは不明だ。誰にも永遠にわからないだろうというのが、あたしの推測だ。なにしろ生まれつきの嘘つきだからな。それとも本当のところがどうなのか、本人にももうよくわかってないかもしれない。ただもうアクセントがとんでもない代物《しろもの》でね、そいつを矯正するのに丸一年かかったよ。どうやってなおしたかっていうとだね、フランス語の勉強をさせたのさ。いったんフランス語の真似《まね》ができるようになると、英語の真似ができるようになるまでにたいして時間はかからなかった。なんとかあの子をマーガレット・サラバンみたいなタイプの女優に仕立て上げようと努めたんだ。でも彼女は彼女にしかないとっときの資質を持っていた。上の方の連中もだんだん彼女に目をつけ始めた。その中にはけっこうな大物もいた。とりわけベニー・ポーランだ。あのみんなに一目置かれるベニーが、あの子と結婚したがったんだものな。エージェントとして、これ以上の何を望めばいいんだ？ それからどかんだ！ 『軍医ワッセル大佐』。あの映画は見たかい？ セシル・B・デミル、ゲイリー・クーパー。まったく、息をのむような話じゃないか。こっちはさんざん苦労して、お膳立《ぜんだ》てを整えた。彼女はドクター・ワッセルの看護婦役のテストを受けることになったんだ。まあ、看護婦のうちの一人なんだけどさ。ところがどかん！ 電話のベルが鳴る」。彼は想像上の受話器をとって耳にあてた。「ねえ、ホリーよ、と彼女は言う。やあハニー、ずいぶん声が遠いじゃないかってあたしは言う。今ニューヨークにいるのよって彼女は言う。おい、いったいニューヨークなんかで何をやってるんだ？ 今日は日曜日で、明日には映画のテストがあるんだぞ。彼女は言う、私これまでニューヨークに来たことなかったから来ちゃったわけ。なんでもいいから、飛行機に乗ってさっさとこっちに戻ってくるんだ、とあたしは言う。でも帰りたくないのよ、と彼女は言う。おい、いったいどういう了見なんだ、とあたしは言う。あなたは仕事の話をうまくまとめたいと思っている、でも私はそういうの求めてないの、と彼女は言う。ほう、じゃあお前さんはいったい何を求めているんだ、とあたしは尋ねる。彼女は言う、それがわかったらあなたにまっさきに知らせてあげるわね。どうだ、これであたしの言いたいことはわかってもらえたかい。皿に山盛りの馬糞ってやつが」

茶色の猫が梱包箱から飛び降りて、彼の脚に頭をこすりつけた。彼は靴の甲に猫を載せて、どこかにぽんと放り投げた。ひどいことをするなあと僕は思ったが、当人は猫になんか気づきもしないみたいだった。頭にあったのは、自分の腹の虫が治まらないということだけだった。

「これが彼女の望んだことなのか？」と彼は言って、両腕をさっと大きく伸ばした。「招待もされないのに勝手にうちに押しかけてくる連中。チップをもらって生計を立て、遊び人たちとひょいひょい浮かれ歩く生活。そうやってたぶんラスティー・トローラーと結婚することになるんだろうよ。でもそいつがそんなに慶賀すべきことかい？」

彼は僕をじっと睨《にら》み、返事を待っていた。

「すみませんが、それは誰なんですか？」

「ラスティー・トローラーのことも知らないようじゃ、あんた、あの子《キッド》のことはほとんどわかってないよ。お話にならんな」、彼はそう言って、巨大な頭の中で舌をこんこんと鳴らしていた。「あたしはね、あんたが何か好ましい影響力を及ぼすんじゃゃないかと期待しとったんだ。手遅れになる前に彼女に道理をわからせてくれるんじゃないかって」

「でもあなたのお話では、もう手遅れなんじゃないんですか？」

彼は葉巻の煙でリングを作った。そしてそれが消えるのを待ってから、顔に微笑《ほほえ》みを浮かべた。微笑みが浮かぶと顔つきはがらりと変わった。何か優しいものがそこに生まれ出た。「やろうと思えばね、もう一回巻き返しを図ることもできるんだよ。さっきも言ったように」と彼は言った。それは紛れもない真実の言葉に聞こえた。「あたしはあの子《キッド》のことが心底好きなんだよ」

「またろくでもない話を吹聴《ふいちょう》しているのね、O・J」ホリーが水滴を振りまきながら部屋に入ってきた。身体《からだ》にはかろうじてタオルが巻き付けられていた。足が床に濡《ぬ》れた跡をつけた。

「いつもの話だ。お前さんがどれくらい頭が変か、話してたところさ」

「フレッドはもう知ってるわよ、そんなの」

「しかしお前さんにはわかってない」

「私のために煙草に一本、火をつけてくれない、ダーリン」と言いながら、彼女はシャワーキャップをむしり取った。そして髪をささっと振った。「あなたに頼んでるんじゃないのよ、O・J。あなたって汚くて、煙草をいつもべちょべちょにしちゃうんだもの」

彼女は素早く猫を拾い上げ、勢いよく肩に載せた。猫はまるでオウムのようにそこにつかまっていた。その前足は髪にからめられた。まるで毛糸の糸玉で遊ぶみたいに。しかしそのような愛らしい仕草にもかかわらず、猫は凶暴な海賊顔負けに陰気だった。片方の目は潰《つぶ》れてふさがり、もう一方は腹黒さできらりと光っていた。

「O・Jったら、ほんとに汚らしいんだから」と彼女は僕に言った。そして僕が火をつけた煙草を受け取った。「でも知ってる電話番号の数にかけちゃ誰にもひけをとらない。ねえ、デヴィッド・O・セルズニックの電話番号って何番だっけ、O・J?」

「冗談はよせ」

「冗談じゃないのよ、これ、ダーリン。彼に電話をかけて、このフレッドがどんなに才能あふれる人かを教えてあげるの。彼はね、それはそれはすばらしい小説を山ほど書いているの。そんなに赤くならないで。あなたが自分を天才だって言わないから、私が代わりに言ってあげたのよ。ねえ、O・J、うまくやってフレッドをお金持ちにしてあげてちょうだいな」

「その話はひとつ、あたしとフレッドに任せてくれるかね」

「覚えておいてちょうだいね」と彼女は言って、向こうに行った。「私がこの人のエージェントなのよ！　もうひとつ。私が叫んだら、こっちに来てジッパーをひっぱり上げてちょうだい。そして誰かがドアをノックしたら、中に入れてあげて」

　山ほどのノックがあった。それから十五分もたたぬうちに、アパートメントは客であふれかえった。全員が男性で、そのうちの何人かは軍服を着ていた。僕の数えた限りでは、海軍士官が二人、空軍大佐が一人いた。しかし彼らの存在は、あとからあとから押し寄せてくる徴兵年齢をとっくに過ぎた新来の客たちによって圧倒されていった。若さを失っていることを別にすれば、彼らのあいだにはとくに共通したテーマは見あたらなかった。それぞれにまったくの初対面みたいだった。実のところ、男たちはみんな部屋に入ってきて、ほかの男たちがそこにいるのを見て気落ちしたみたいだったが、努めてそれを押し隠した。ひょっとしてこのパーティーの女主人《ホステス》は、あちこちのバーを渡り歩き、手当たり次第に招待状をばらまいたのではあるまいかと考えたくもなった。あるいは実際にそのとおりだったのかもしれないけれど。しかし最初の渋面が消えてしまうと、彼らはとくに不平を言いたてるでもなく、お互いみんなけっこう仲良くなっていった。とくにO・J・バーマンは、僕のハリウッドにおける将来について語り合うことを避けるべく、新しくやってきた客に向かって熱心に語りかけたので、僕は本棚のわきに一人で置き去りにされるかたちになった。棚に並んでいる書物の半分以上が馬に関するもので、残りが野球に関するものだった。『馬体の正しい読みとり方』という本に興味を抱いているふりをしながら、僕はホリーの知り合いたちを気づかれぬように観察し、彼らがどんな人間なのかを探った。

そうこうするうちに一人の人物がいやでも目につくようになってきた。子供がそのまま中年の域に達してしまったみたいな男だ。赤ん坊の頃のぽっちゃりした肉はまだそのままに残っていたが、そのむっくり膨らんだ、折檻《せっかん》を求めているような臀部《でんぶ》は、才能のある仕立屋によっておおむねうまくカモフラージュされていた。どう見ても彼の身体の中に骨らしきものが入っているとは思えなかった。まったく何もないところに、かわいいミニチュアの目鼻をくっつけたみたいな顔で、まっさらの未使用という趣がそこにはあった。生まれ落ちたかたちのまま、ただ膨張したかのようにも見える。風船みたいにぱんぱんに膨らんで、おかげで皮膚にはしわひとつない。口元は今にも悲鳴をあげてかんしゃくを起こしそうだったが、それでも甘やかされた駄々っ子のような、あどけないおちょぼ口を作っていた。

しかしその男が人目を引くのは見かけのせいだけではなかった。子どもっぽさを残した男はさして珍しい存在ではない。目立つのは、その行動のせいだった。彼はまるでそのパーティーの主が自分であるかのように振る舞っていた。エネルギーにあふれた蛸《たこ》よろしくマティーニのシェーカーを振ったり、人を紹介したり、蓄音機を操作したりしていた。というかもっと正確に言うなら、ほとんど女主人《ホステス》に指図されるままに動いていた。ねえラスティー、これをやってくださらない？　ねえラスティー、これもお願いね。もし彼が彼女に恋をしているのだとしたら、その嫉妬心《しっとしん》をとても巧妙にコントロールしていたに違いない。やきもちやきの男だったら、彼女が部屋の中をふらふらと歩き回る姿を見ながら、自制心を失ってしまっただろう。彼女は片手で猫を抱き、もう一方の手をせっせと動かして、男たちのネクタイを直したり、襟についた糸くずをとったりしていた。空軍大佐は勲章を念入りに磨いてもらうことになった。

その人物はラザフォード（ラスティー）・トローラーといった。一九〇八年に彼は両親を揃《そろ》って失った。父親はアナーキストの手にかかって殺され、母親はそのショックがもとで死んだ。その二重の不幸によってラスティーはわずか五歳にして孤児となり、億万長者となり、有名人となった。それ以来彼は常に新聞の日曜版社交欄の常連であり続けてきたわけだが、まだ小学生のときに、名付け親であり後見人であった人物を、男色を強要されたと訴え出て逮捕させたことで、世間の耳目を圧倒的なまでに惹《ひ》きつけた。その後も彼は結婚と離婚を繰り返し、タブロイド新聞上で脚光を浴び続けた。最初の奥さんは離婚手当と自らの身を、「ファーザ・ディヴァイン」（訳注　アメリカで戦前に人気のあった新興宗教の教祖）の競争相手に捧《ささ》げた。二番目の奥さんについてはよくわからないが、三番目はニューヨーク州の裁判所に、彼を相手取って訴訟を起こした。証拠ではち切れそうになった鞄《かばん》が法廷に持ち込まれた。最後のトローラー夫人に対しては、彼の方から離婚の訴えを起こしたが、その主要理由は、彼女がヨットの船上で「反乱」を起こしたというものだった。そしてその反乱の結果、彼はドライ・トルトゥーガス諸島（訳注　キー・ウェストの西方にある）のどこかに置き去りにされたのだ。それ以来独身を通していたが、戦前に一度ユニティー・ミットフォード（訳注　イギリス人の女性。ヒトラーと交際をしていたことで有名）に求婚したことがあるらしい。というか、少なくとも「もしヒトラーと結婚しないのなら、自分と結婚してほしい」という求婚の電報を打ったという。ウィンチェルが彼をことあるごとにナチ呼ばわりするようになった根拠はどうやらそこにあるらしい。ヨークヴィル（訳注　ドイツ系市民の多いニューヨークの地域）でおこなわれたナチ支援の集会に彼が参加したという事実もそれに寄与しているようだ。

そんな話を誰かから聞かされたわけではない。ホリーの書棚から抜き出した「ベースボール・ガイド」で一部始終を読んだのだ。その本はスクラップブックがわりに使われているらしく、ページのあいだには日曜版の社交記事が挟み込まれ、そこにゴシップ記事の切り抜きが混じっていた。「ラスティー・トローラーとホリー・ゴライトリーが『ワン・タッチ・オブ・ヴィーナス』（訳注　クルト・ワイル作曲のミュージカル。一九四三年初演）の初日に並んで出席」。ホリーが背後にやってきて、僕がそれを読んでいるのを目にとめた。「ミス・ホリデー・ゴライトリー（ボストンのゴライトリー家出身）は大富豪ラスティー・トローラーの毎日を休日《ホリデー》に変える」

「私の報道記事に感じ入ってくれているのかしら？　それともただの野球ファンなの？」と彼女は尋ねた。サングラスの位置を調整し、僕の肩越しにのぞき込みながら。

「今週の天気予報はどんなだった？」と僕は尋ねた。

彼女は僕にウィンクしたが、そこには冗談めいたところはなかった。どちらかといえば警告の目配せだった。

「私はもっぱら競馬ファンで、野球はちっとも好きになれない」と彼女は言った。その声には、サリー・トマトについてこのあいだ話したことはそっくり忘れちゃってちょうだいね、という暗黙のメッセージが込められていた。「ラジオ中継のあの音にはどうにも耐えられないわ。でも聴く必要があるから聴いているの。リサーチのひとつとしてね。だって男の人の話題ときたら、驚くほど少ないんですもの。野球が好きじゃなければ競馬好きだし、どちらも好きじゃないとなれば、いずれにしても私としてはお手上げ。そういう人ってだいたい女の子にも興味ないんだもの。それでO・Jとは話がついた？」

「僕らは協議離婚みたいな状態にあるようだ」

「あの人は良いってになるわよ。ほんとに」

「それはそうかもしれない。しかし良いってであろうがなかろうが、今のところ僕には彼に差し出すべきものがないんだ」

ホリーは引き下がらなかった。「あの人のところに行って、彼の顔はちっともへんてこじゃないって思わせてあげればいいのよ。ねえフレッド、そうすればきっとあなたの役に立ってくれるから」

「しかしそういう君だって、彼に対してさほど感謝していないみたいじゃないか」、僕がそう言うと、彼女は何のことかよくわからないという顔をした。それで映画「軍医ワッセル大佐」の話を持ち出した。

「あの人はまだそのことをうだうだ愚痴ってるんだ」とホリーは納得がいったように言った。そして温みを含んだ視線を部屋の向こうにいるバーマンに送った。「でもあの人の言いぶんにも一理あるわね。私は罪悪感を覚えてしかるべきなのよ。でもそれはあの役が私にもらえただろうとか、良い演技ができただろうとか、そういうことが理由じゃないの。そんなのもらえっこないし、良い演技なんてできっこないんだもの。私がもし罪悪感を感じるとしたらそれは、こっちが夢なんてぜんぜん見てもいなかったことに、あの人の夢をつなげちゃったことに対してよ。私はただ、適当なことを言って自分にちょこっと磨きをかけていただけなんだ。映画スターになんかなれないってことは、最初からよくわかっていたよ。女優って、とんでもなく大変な仕事だし、まともな神経を持った人間には馬鹿馬鹿《ばかばか》しくって、とてもできることじゃないんだもの。そこまでの劣等感は私にはない。映画スターであることと、巨大なエゴを抱えて生きるのは同じことのように世間では思われているけど、実際にはエゴなんてひとかけらも持ちあわせてないことが、何より大事なことなの。リッチな有名人になりたくないってわけじゃないんだよ。私としてもいちおうそのへんを目指しているし、いつかそれにもとりかかるつもりでいる。でももしそうなっても、私はなおかつ自分のエゴをしっかり引き連れていたいわけ。いつの日か目覚めて、ティファニーで朝ごはんを食べるときにも、この自分のままでいたいの。あなた、何も飲んでないじゃないの」、彼女は僕が飲みものを手にしていないことに目をとめてそう言った。「ラスティー！　私のお友だちに何か飲みものを作ってあげてちょうだい」

彼女はまだ猫を抱きかかえていた。「かわいそうな猫ちゃん」と彼女は猫の頭を掻《か》きながら言った。「かわいそうに名前だってないんだから。名前がないのってけっこう不便なのよね。でも私にはこの子に名前をつける権利はない。ほんとに誰かにちゃんと飼われるまで、名前をもらうのは待ってもらうことになる。この子とはある日、川べりで巡り会ったの。私たちはお互い誰のものでもない、独立した人格なわけ。私もこの子も。自分といろんなものごとがひとつになれる場所をみつけたとわかるまで、私はなんにも所有したくないの。そういう場所がどこにあるのか、今のところまだわからない。でもそれがどんなところだかはちゃんとわかっている」、彼女は微笑《ほほえ》んで、猫を床に下ろした。「それはティファニーみたいなところなの」と彼女は言った。「といっても私が宝石にぞっこんだっていうことじゃないのよ。ダイアモンドは好きだわ。でもね、四十歳以下でダイアモンドを身につけるのって野暮だし、四十過ぎたってけっこう危いのよ。だって、ダイアモンドが似合うのはきっちり年取った女の人だけなんだもの。たとえばマリア・ウスペンスカヤとかね。しわがよって、骨張って、白髪で……そういう人にこそダイアモンドは似合うのよ。だから年を取るのが愉《たの》しみ。でもね、私がティファニーに夢中になるのはそのせいじゃない。ねえ、いいこと。ほら、いやったらしいアカに心が染まるときってあるじゃない」

「それはブルーになるみたいなことなのかな？」

「それとは違う」と彼女はゆっくりとした声で言った。「ブルーっていうのはね、太っちゃったときとか、雨がいつまでも降り止《や》まないみたいなときにやってくるものよ。哀《かな》しい気持ちになる、ただそれだけ。でもいやったらしいアカっていうのは、もっとぜんぜんたちが悪いの。怖くってしかたなくて、だらだら汗をかいちゃうんだけど、でも何を怖がっているのか、自分でもわからない。何かしら悪いことが起ころうとしているってだけはわかるんだけど、それがどんなことなのかはわからない。あなた、そういう思いをしたことある？」

「何度もあるよ。そういうのをアングスト（不安感）と呼ぶ人もいる」

「わかったわ。アングストね。なんでもいいけど、そういうときあなたはどんなことをするの？」

「そうだな、酒を飲むのもいい」

「それはやってみたよ。アスピリンも試してみた。ラスティーはマリファナが効くって言うの。それでちょっと吸ってみたんだけど、ただ意味もなくくすくす笑っちゃうだけ。これまで試した中でいちばん効果があったのは、タクシーをつかまえてティファニーに行くことだったな。そうするととたんに気分がすっとしちゃうんだ。その店内の静けさと、つんとすましたところがいいのよ。そこではそんなにひどいことは起こるまいってわかるの。隙《すき》のないスーツを着た親切な男の人たちや、美しい銀製品や、アリゲーターの財布の匂《にお》いの中にいればね。ティファニーの店内にいるみたいな気持ちにさせてくれる場所が、この現実の世界のどこかに見つかれば、家具も揃え、猫に名前をつけてやることだってできるのにな。ちょっと考えていたのよ。この戦争が終わったら、私とフレッドと二人で――」、サングラスを押し上げると、そのいろんな色の混じり合った彼女の瞳《ひとみ》(灰色に、青と緑の筋が入っている)は、鋭さを秘めてじっと遠くを見つめていた。「一度メキシコに行ったことがあるの。馬を育てるには最高の国よね。海の近くにいい土地をみつけたわ。フレッドは馬とすごく仲良しになれるの」

ラスティー・トローラーがマティーニを持ってやってきた。彼は僕の方も見ずに酒を差し出した。「腹が減ったよ」と彼は言った。ほかの部分と同様、彼の声には知恵がまわりかねているという印象があった。すねている子供のような、神経に障《さわ》るものの言い方で、ホリーを責める響きが聞きとれた。「もう七時半だし、腹が減ったよ。医者がなんて言ったか知ってるだろう?」

「ええ、ラスティー。お医者がなんて言ったか、ちゃんと知ってるわよ」

「じゃあ、もうお開きにして、どこかよそに行こうよ」

「もう少し辛抱することはできないの、ラスティー？」、彼女は優しくそう言ったが、その声には罰を用意している家庭教師のような厳しさが混じっていた。それを聞いたラスティーの頬は、いかにも嬉《うれ》しそうに、感謝でもしているみたいに、なんとも不思議なピンク色に染まった。

「君は僕のことが好きじゃないんだ」と彼は不満げに言った。彼ら二人のほかにはそこに誰もいないみたいに。

「不作法な人は誰にも好かれないわよ」

ホリーは相手が耳にしたかったことを、そのままぴたりと口にしたに違いない。それはラスティーを興奮させ、同時にリラックスさせた。それでもなおかつ彼は続けた。まるで儀式か何かみたいに。「君は僕を愛している？」

彼女は彼の肩をぽんぽんと叩《たた》いた。「きちんとお仕事をなさい、ラスティー。私の準備ができたら、どこでもあなたの好きなところに行って、一緒に食事をしましょう」

「チャイナタウン？」

「かまわないけど、甘酸味のスペアリブは駄目よ。お医者の言ったことを覚えているでしょう？」

よちよち歩きで嬉しそうにラスティーが仕事に戻っていくと、僕は彼女が彼の質問にまだ返事していないことを思い出させないわけにはいかなかった。「君は彼を愛している？」

「言ったでしょう。誰のことだって愛そうと思えば愛せるんだって。それにあの人の少年時代は、そりゃひどいものだったのよ」

「そんなにひどい少年時代だったら、どうして彼はいまだにそれに執着しているんだい？」

「頭を使って考えなさいよ。ラスティーはスカートをはいているより、おむつにくるまれていた方がまだ安心できるんだってことがわからないの？　スカートの方が実は選択としてまともなんだけど、あの人はそこを突かれるとびりびり傷つくのよ。私があの人に、成長して現実と向き合いなさい、腰を落ちつけて、お父さんタイプのトラック運転手と家庭ごっこでもしてなさいと言ったとき、バターナイフで私を刺そうとしたんだもの。でも今はひとまず、私があの人を引き受けている。まあいいのよ。害のない人だもの。女の子のことを本気でただのお人形と思っているんだから」

「それはよかった」

「世の男性がみんなあんなだったら、私としちゃ『それはよかった』なんてとても思えないでしょうけどね」

「僕は、君にミスタ・トローラーと結婚するつもりがないと知って、よかったって言っているんだよ」

彼女は眉《まゆ》をつり上げた。「言っておきますけど、彼が大金持ちだなんてちっとも知りません、というようなふりは私はしていないわよ。メキシコの土地だってただ同然というわけにはいかないものね。さて」と彼女は言って、僕を前に出させた。「O・Jをとっつかまえに行かなくちゃ」

気乗りしなかったから、それを先延ばしにする方策を求めて、僕の頭は素早く回転した。ひとつ思いついた。「どうして君は旅行中なの?」

「カードに書いてあること?」と彼女は言って、不意を突かれたような顔をした。

「それが何か変かしら?」

「いや、変ってわけじゃないけど、なんとなく心をそそられるから」

彼女は肩をすくめた。「結局のところ、私が明日どこに住んでいるかなんてわかりっこないでしょう。だから住所のかわりに旅行中って印刷させたの。なんにしてもそんな名刺を作らせるなんてまったくの散財だったわ。ただね、たとえ小さなものでもいいから、あそこで何か買い物をしなくちゃって思ったの。借りがあるみたいっていいうか。ティファニーで注文したのよ」、彼女は僕のマティーニに手を伸ばした。そのグラスに僕はまだ口をつけてもいなかった。彼女は二口でそれを飲み干してから、僕の手をとった。「さあ、ぐずぐずしてないでＯ・Ｊと仲良しになるのよ」

そのときに戸口で異変が持ち上がった。一人の若い女性が疾風のごとく、スカーフをなびかせ、金細工をじゃらじゃらいわせながら、部屋に飛び込んできた。「ホ、ホ、ホリー」と彼女は言って、立てた指を振りながら前に進んだ。「あなたったら、ひ、ひどいじゃないよ。こ、こんなに素敵な、ひ、ひとたちを、自分だけでひ、ひとりじめにするなんてさ」

彼女の身長は六フィート以上あり、そこにいるたいていの男よりは背が高かった。彼らは一斉に背筋を伸ばし、腹をぎゅっと引っ込めた。男たちは彼女のゆさゆさと揺れる長身と、なんとか張り合おうと試みたのだ。

ホリーは言った。「なんであなたがここに来るわけ？」、彼女の唇はぴんと張られたひもみたいに一文字に厳しく結ばれた。

「あら、これってぐ、偶然のことよ。あたしはこの上でユニオシさんのモデルをしていたの。バ、バ、バザール（訳注　雑誌「ハーパーズ・バザール」のこと）のクリスマス用の写真を撮っていたの。あんた、何をそんなにかりかりしちゃってるわけ？」、彼女はとりとめのない微笑を振りまいた。「ねえ、み、み、みなさん、私がここに押しかけてご、ご、ご、ご迷惑かしら？」

ラスティー・トローラーはくっくっと笑った。彼はその筋肉を愛《め》でるかのように、彼女の腕をぎゅっとつかんだ。そして何かお飲みになりますかと尋ねた。

「いいわねえ」と彼女は答えた。「バーボンをくださいな」

「そんなもの、うちにはないわよ」とホリーが彼女に言った。それでは私がひとっ走りして、買ってまいりましょう、と空軍大佐が申し出た。

「あらあら、そ、そ、そこまでしていただくことありませんのよ。私なんぞ、アンモニアでも飲んでいればじゅうぶんですもの。ねえ、ホリー」と言って彼女はホリーを軽く突いた。「私のことで気をつかったりしないでちょうだいね。紹介なんかしてくれなくても、自分で適当にしちゃうから」。彼女はO・J・バーマンの方に身をかがめた。彼は小柄な男が大柄な女性を前にしたときの常として、目に大望の霞《かすみ》のようなものを浮かべた。「私はマグ・ワ、ワ、ワイルドウッド。アーカンソーのワイルドウ、ウ、ウッドの出身。山の中で育ったのよ」

まるでダンスのようだった。バーマンはライバルに割り込まれまいと、なかなか巧妙なフットワークを見せた。しかしその甲斐《かい》もなくやがてダンスの相手は替わり、ほかの男たちが彼女をさらっていった。男たちは彼女のどもりながらのジョークを、まるでポップコーンに群がる鳩《はと》みたいに争ってむさぼった。それは故《ゆえ》なき成功ではなかった。彼女は言うなれば醜さを乗り越えた勝利だった。そのような達成は多くの場合、本当の美しさにも増して人目を惹《ひ》くことになる。そこにパラドックスが含まれているからというだけのことであったとしても。目下のケースに即して言えば、飾り気のない洗練性と、念入りな着こなしを周到に駆使するかわりに、欠点を誇張するという奇手が用いられたわけだ。マグ・ワイルドウッドは自分の欠点を大胆に認めることで、それを装飾に変えてしまった。ただでさえ高い身長を更に目立たせるために、そそり立つハイヒールを履き、おかげで彼女のかかとはびくびくと震えていた。ボディスはきつく締めつけられ、胸にはでっぱりというものがなく、これなら男物のトランクスをはくだけでビーチに行けるんじゃないかと思えるほどだ。後ろにぴったりとひっつめられた髪は、彼女の顔の、いかにもファッション・モデルっぽいやせこけた潤《うるお》いのなさを、ますます強調していた。そのどもりでさえ――生来のものには違いなかろうが、誇張のあとがうかがえる――彼女の武器となった。このどもり方こそが決め手だった。まず第一にそれは、月並みな言葉を個性的に響かせた。第二に、長身と押し出しの強さにもかかわらず、そのどもる声を聞いている男性たちに「この女性を保護してやらねば」という思いを抱かせた。例を示そう。彼女に「お、お、お手洗いはどこか、だ、だ、誰か教えて下さらない？」と言われたとき、バーマンは思わず息を詰まらせ、どんどんと背中を叩かれなくてはならなかった。そのような一連の手順が完了すると、彼は彼女に腕を差し出し、自らそこまで案内しようとした。

「案内する必要なんてないのよ」とホリーが言った。「だって前にもここに来たことあるし、お手洗いの場所くらいちゃんとわかってるんだもの」。彼女は灰皿を空にし、マグ・ワイルドウッドが部屋からいなくなると、またほかの灰皿を空にした。それから言った。語りかけるというよりは、ため息をつくという方が近いのだが。「なんといっても、ほんとに哀しいことよね」。それから彼女は間を置いた。そして問いかけるような表情を浮かべる人々の顔を見まわした。ちょうどいい間のとり方だった。「そしてとてもミステリアス。もっと徴候が出てきてもいいはずなんだけど。でもどういうわけか、彼女はとても健康そうに見えるの。とても、ほら、清潔そうにね。それがいちばん驚かされるところね。そうじゃないかしら？」と彼女は真剣な口ぶりで、しかし誰に向かってともなく問いかけた。「彼女はとても清潔そうに見えるでしょう？」

誰かが咳《せき》をした。何人かは唾《つば》を飲み込んだ。マグ・ワイルドウッドのグラスを預かっていた海軍将校はそれをテーブルに置いた。

「でも話によれば」とホリーは言った。「ああいう南部出身の女の子たちって、同じような問題を抱えていることが多いらしい」、彼女はしとやかに身震いをした。それから氷の追加を取りにキッチンに行った。

戻ってきたマグ・ワイルドウッドは、先ほどまでそこにあった友好的な空気が唐突に失《う》せてしまっていることを発見して、わけがわからなくなった。彼女が何か話題を持ち出しても、それは生木を燃やすみたいにすぐに消えてしまった。煙を出すだけで、炎があがらないのだ。更に許せないのは、人々が彼女の電話番号を聞くこともなく、どこかに立ち去っていくことだった。彼女がちょっと背中を向けているあいだに、空軍大佐は雲隠れしてしまった。これは余りといえばあまりのことだ。夕食を一緒にしませんかと、彼女を誘っていたのだから。彼女はとたんに目が見えなくなってしまった。策略にとっての飲酒は、マスカラにとっての涙の如《ごと》く致命的である。彼女の魅力はことごとく流れ落ちてしまった。彼女は誰彼となく八つ当たりを始めた。女主人のことを「ハリウッドのゴミ屑《くず》女」と呼んだ。五十代の男に殴り合いの喧嘩《けんか》をふっかけた。バーマンに向かってヒトラーは正しいと言った。ラスティー・トローラーをぐいぐい押して部屋の隅に追いつめ、彼を喜ばせた。「あんたをこれからどうするか知ってるかい?」と彼女は言った。そこにはどもりのどの字もうかがえなかった。「動物園に引っ立てていって、ヤクの餌《えさ》にしちまうんだよ」。それはまさにラスティーの望むところだった。しかし彼にとっては残念なことに、マグはそのままずるずると床の上にへたり込んでしまった。そしてそこに腰を下ろしたまま、何かの唄《うた》を口ずさんでいた。

「もう、ほんとに世話の焼ける人ね。さっさと立って」とホリーは手にした手袋を引っ張りながら言った。パーティーに残っていた人々はみんな戸口で待っていた。その「世話の焼ける人」が言うことをきかないのを見て、ホリーは僕にすまなさそうな視線を向けた。「お願いがあるのよ、フレッド。この人をタクシーに乗せてちょうだい。ウィンスローに住んでいるから」

「違うわよお。住んでるのはバービゾン・ホテル、電話はリージェント4—5700。マグ・ワイルドウッドっていって呼び出してもらって」

「すまないけどお願いね、フレッド」

みんなは僕を残して行ってしまった。もちろん冗談じゃないという気分だったが、この大女を抱えてタクシーに乗せることを考えると、腹が立つよりは途方に暮れた。しかし彼女自身がその問題をうまく解決してくれた。自分の力でよっこらしょと立ち上がると、ふらふらとよろめきながら、高みから僕を見下ろした。そして「〈ストーク〉に行くのよ。クルマをつかまえてちょうだい」と言うと、樫《かし》の木が切り倒されたみたいに、まっすぐな姿勢でどうと倒れてしまった。医者を呼ばなくてはとまず思った。しかし脈は正常だったし、呼吸も安定していた。ただぐっすり眠っているだけだ。クッションをみつけて、彼女の頭の下にあてがってから、僕はさっさとそこをあとにした。

明くる日の午後、階段でホリーとばったり鉢合わせした。「あ、あ、あなたねえ」と彼女は薬局の包みを手に、足早にすれちがいながら言った。「大変なの。あの人肺炎になりかけてるのよ。ひどい二日酔いで、その上に例のいやったらしいアカにみまわれているんだから」。ということは、マグ・ワイルドウッドはまだ彼女の部屋に滞在しているのだろう。しかしその見上げた親切心を、僕がより深く探求する余裕を、彼女は与えてはくれなかった。週末になって謎《なぞ》はいっそう深まった。まずラテン系の男が僕の部屋にやってきた。間違えたドアをノックしたのだ。というのは彼は僕にミス・ワイルドウッドの消息を尋ねたからだ。その間違いを訂正するのに時間がかかった。というのは、我々の話す英語のアクセントは、お互いにとってほとんど理解不可能な種類のものだったから。しかしそんな風に時間をかけているうちに、僕はその人物にすっかり心を惹かれてしまった。彼はいろんなものを丁寧に寄せ集めてこしらえられたような人物だった。茶色の髪と闘牛士のような体型の組み合わせがまさに、完璧だった。リンゴとかオレンジと同じように、自然が絶妙な配合をもって生み出した存在なのだ。それだけではなく、そこに加えられた装飾にも瞠目《どうもく》すべきものがあった。英国製のスーツ、きりっとした香りのコロン、そして何よりも、ラテン系らしくないはにかみを含んだ物腰。その日の第二の出来事にも、彼の存在がかんでいた。夕方近く、食事をとりに外に出たところで、僕はその男を見かけた。タクシーに乗ってまさにここに着いたところだった。彼が大量のスーツケースを抱えてよろよろと中に入っていくのを、タクシーの運転手が手助けしていた。そのことについて僕はまたあれこれ考えをめぐらせた。日曜まで、ない知恵を絞っていたおかげで、頭が痛くなったくらいだ。

　それから実像が浮かび上がってきた。鮮明に、暗さを増して。日曜日は小春日和《びより》だった。日差しは強く、僕は窓を開けっ放しにしていた。非常階段から話し声が聞こえてきた。ホリーとマグがそこに毛布を敷いて日光浴をしていた。二人のあいだには猫がいた。彼女たちの髪は洗われたばかりで、力無く下に垂れていた。二人は忙しく手を動かしていた。ホリーは足の指にマニキュアを塗り、マグはセーターを編んでいた。マグがしゃべっていた。

「私に言わせてもらえれば、あなたはめ、め、恵まれているわよ。少なくとも、ラスティーについてひとつ確かに言えるのは、彼はアメリカ人だってことだもの」

「嬉《うれ》しくて涙が出ちゃう」

「ねえ、シュガー、今は戦時中なのよ」

「そして戦争が終わったら、私はもうこんなところとはおさらばするつもり」

「私にはそんなことはできないな。私は自分の国をほ、ほ、誇りに思っているんだもの。うちの一族の男たちはみんな立派な兵隊さんになったわ。うちの御先祖のワイルドウッドの銅像は、ワイルドウッドの町の真ん中に堂々と建ってるんだから」

「フレッドも兵隊さんよ」とホリーは言った。「でもフレッドの銅像がどこかに建つとは思えないわ。でもわかんないわね。よく言うじゃない、頭が弱いほど人は勇敢になれるって。で、頭の弱さにかけてはフレッドはたいしたものだから」

「フレッドって、上の階に住んでいる人？　あの人が兵隊だとは知らなかったわ。でもたしかに知恵は足りなさそうに見えるわね」

「あの人、アタマが火照《ほて》ってるだけで、知恵が足りないわけじゃないの。彼がやりたいのは、内側にこもって、そこから外を眺めること。で、ガラスにぴたっと鼻をくっつけている人って、だいたい間が抜けて見えるものじゃない。でもとにかく、あの人は違うフレッド。私が言っているのは、兄のフレッド」

「あなたは、自分のみ、み、身内を頭がわ、わ、悪いって言うわけ？」

「だって頭がよくないことはたしかなんだから、ほかに言いようがないでしょうが」

「でもそんな風に言うのって、あまり褒められたことじゃないわよ。あなたや私や、ほかのみんなのために、命をかけて戦っているんだから」

「何よそれ？　戦時債券の売り込みか何か？」

「私がどういう考え方をしているか、わかってもらいたいだけ。私って、冗談を言い合うのは好きだけど、内実はとてもシ、シ、シリアスな人間なの。アメリカ人であることを誇りに思っている。それがホセに関していささか気にかかるところなの」、彼女は編み針を下に置いた。「彼ってすごくハンサムだと思うでしょう？」。ホリーは同意のため息のようなものをもらし、マニキュア用のブラシで猫のひげをさっと撫《な》でた。

「ブラジル人とけ、け、結婚するっていう決心がつけばいいんだけどね。そして私自身もブ、ブ、ブラジル人になっちゃうっていう決心がつけばね。それは私が越えなくてはならないとても大きな渓谷なのよ。なにしろ六千マイルも離れたところにある国だし、言葉だってわからないし……」

「ベルリッツに通いなさいな」

「なんでポ、ポ、ポルトガル語なんてものを教えるのかしら？　そんな言葉、だれもしゃべってないじゃないの。冗談じゃない。私にとっての唯一《ゆいいつ》のチャンスは、ホセに政治のことなんか忘れさせて、アメリカ人になってもらうこと。ただそれだけ。だいたいなんでまたブラジルのだ、だ、大統領なんてものになりたいと思わなくちゃいけないのかしら？」、彼女はため息をつき、編み針を取り上げた。「私は目がくらむような恋をしているみたい。私たちが一緒にいるところを、あなた見たでしょう？　どう、私って目がくらむような深い恋をしていると思う？」

「それで、彼はあなたのことを噛《か》む？」

マグは編み目をひとつ飛ばしてしまった。「噛む？」

「あなたを、ベッドの中で」

「そんなことしないわ。いけないかしら？」、それから眉《まゆ》をひそめて言った。「でも彼ったら笑うのよ」

「いいじゃない。そうこなくっちゃ。ユーモアのわかる人って好きだわ。たいていの男って、はあはあぜいぜい言うだけだもの」

マグは苦情を呈しようとして、引っ込めた。少し考えてから、その発言を自分に対する賛辞として受け入れた。「ええ、たしかにそうかもね」

「オーケー、彼は嚙まない。彼は笑う。そのほかには？」

マグは飛ばした編み目を勘定し、もう一度編み物を始めた。編み針を動かす音、さらさらという毛糸の音。

「ねえ、訊《き》いているんだけど――」

「ええ、聞こえているわよ。あなたにしゃべりたくないってわけじゃないの。ただそう言われても急には思い出せないってだけ。その手のことを私は、あんまりふ、ふ、深くは考えないわけ。あなたとは違うみたいだけど。私の場合、そういうのは夢と同じで、頭から抜けていっちゃうのよ。そういうのがふ、ふ、普通だと思うんだけどな」

「そうね、それが普通かもしれない。でも私としては普通よりは自然になりたいんだ」、ホリーはそこで話を中断し、猫のひげを赤くすることに意識を集中した。「ねえ、もしいろんなことが覚えられないのなら、明かりをつけたままやってみれば？」

「あなたよくわかってないみたいね、ホリー。私はとても、とても、とても昔かたぎの女なの」

「つまんないことを言う人ね。好きな男の姿をまじまじ見ることのどこが不都合なのよ？　男って美しいものよ。世間には美しい男がたくさんいるわ。ホセだって美しい。それを見たくもないなんて、まったく興ざめなことよ。男の人にしてみれば、そんなのまるで冷めたマカロニを食べるようなものでしょうが」

「ちょ、ちょ、ちょっと声を落として」

「あなたは彼に恋してなんかいるもんですか。さて、それが質問への答えになったかしら？」

「なってないわ。だって私は冷めたマ、マ、マカロニなんかじゃないもの。心の温かな人間よ。それが私の人柄の根底にあるもの」

「わかった。あなたは温かい心を持っている。でも私がベッドに向かっている男なら、温かい心よりはむしろ湯たんぽを選ぶわ。そっちの方が実用的だもの」

「ホセはべつに苦情は言ってませんけどね」と彼女はつんと澄まして言った。彼女の手にした編み針が陽光を受けて光った。「なんと言われようが、私は彼にほんとに恋をしているんだから。この三ヶ月足らずのあいだにアーガイルの靴下を十足も編んだのよ。そして今は二枚目のセーター」彼女はセーターを広げ、脇《わき》に放り出した。「でもブラジルでセーターなんて、役に立つわけないわよね。日除《ひよ》けのへ、へ、ヘルメットでも作っていた方がいいんじゃないのかな」

ホリーは寝ころんであくびをした。「ブラジルにだって冬はあるはずよ」

「雨が降るのよ、私もそれくらいは知ってる。暑くて、雨がざあざあ降る。ジャ、ジャ、ジャングルがある」

「暑くて、ジャングルがある。それって私の好み」

「私よりあなたの方があってるかもね」

「たしかに」とホリーは眠そうな声で言ったが、本当は眠いわけではなかった。「あなたより私の方があってるかも」


月曜日の朝、階段の下まで郵便物を取りに行ったとき、ホリーの郵便受けのカードに変更が加えられ、新しい名前が加わっていた。それによれば、ミス・ゴライトリーとミス・ワイルドウッドは今や連れだって旅行中だった。もしうちの郵便受けに一通の手紙が入っていなかったなら、僕はそのことについて更にあれこれ考えをめぐらせていたことだろう。ある大学出版局が出している小さな文芸誌からの手紙だった。僕はその雑誌に短編小説をひとつ送ったのだが、彼らはそれを気に入ったということだった。遺憾ながら原稿料は支払えないが、雑誌には掲載されることになると書いてあった。雑誌に掲載されるというのは、つまり活字になることだ。興奮のあまり、頭が文字通りくらくらした。誰かにそのニュースを伝えたかった。僕は階段を一段おきに駆け上り、ホリーのドアをどんどんと叩《たた》いた。

まともな声で朗報を告げられる自信がなかった。だから彼女が眠そうな目をこすりながらドアを開けたとき、僕は相手の手に黙って手紙を押しつけた。その手紙を読み終え、僕に返すまでに、本を六十ページ読むくらいの時間がかかった気がした。「お金を払ってもらえないんでしょ。私ならこんな話は断っちまうけどな」と彼女はあくびをしながら言った。しかし僕の表情から、自分が適切ではないことを口にしたと察したようだった。僕が期待しているのは助言ではなく、おめでとうというひとことなのだ。彼女の口はあくびから微笑《ほほえ》みへとかたちを変えていった。「ああ、そうね。すごいじゃない、まあ、中に入ったら」と彼女は言った。「今コーヒーをいれるから、それでお祝いしましょう。いいえ。すぐ服を着替えるわ。そしてどこかでランチをごちそうしてあげる」

彼女のベッドルームは、客間と同じ様相を呈していた。キャンプ生活でもしているような雰囲気がそこにもやはり腰を据えていた。梱包箱《こんぽうばこ》とスーツケース、すべては荷造りされ、いつでもすぐ出て行ける状態になっていた。司直の手が背後に迫っていることを感じている犯罪人が生活している部屋はきっとこんなだろう。客間には家具らしきものはただのひとつもなかったが、ベッドルームにはさすがにベッドが置かれていた。それもダブルベッドで、かなり派手な代物《しろもの》だった。淡い色合いの木材、房のついたサテン。

彼女は洗面所のドアを開けっ放しにして、そこから話をした。トイレの水を流したり、ブラシをかけたりしていたので、彼女の言っていることはろくすっぽ聞き取れなかったが、おおむねこういう内容だった。マグ・ワイルドウッドがここに同居するようになったことはきっともう知っているわよね。これはじっさい都合がいいことなのよ。というのは、ルームメイトが要りようで、でもレズビアンはだめとなれば、あとはおつむの弱い人を探すしかないじゃない。とくればマグはまさに打ってつけなわけ。家賃を押しつけることもできるし、それに洗濯物もとってきてもらえるし。

ホリーが洗濯物のことで問題を抱えているのは一目でわかった。部屋の床には体育館の女子更衣室みたいに服が散らかっていたからだ。

「――それにね、あの人はモデルとしては売れっ子なの。わけのわからない世の中よねえ。でもおかげでこっちは大助かり」と彼女は言った。そしてガーターをとめながら、よちよち歩きで洗面所から出てきた。「仕事が忙しくて一日のほとんど留守にしているし、邪魔にならないわけ。それに婚約しているから、男関係でかかりかりしなくていいでしょ。相手はこれが素敵な人なのよ。身長にはいささか差があるけどね。彼女の方がなにしろ三十センチばかり高いわけ。ええと、どこだっけ——」と言いながら彼女は四つんばいになってベッドの下を探った。捜し物がみつかると（トカゲ革の靴だった）、今度はブラウスとベルトの行方を追求しなくてはならなかった。まったくそのようなすさまじい現場から、どうやってあの見事な着こなしができあがるのか、それはまことに熟考を要する問題であった。そのたおやかに隙《すき》のない着こなしは、あたかもクレオパトラの侍女たちの手で丹念に着付けをされたかのように見えるのだ。「ねえ」と彼女は僕の顎《あご》の下に手をあてて言った。「あなたの小説が採用されて、とても嬉しいわ。嘘《うそ》いつわりなく」

一九四三年十月の月曜日。空を飛ぶ鳥のように浮き立った美しい日だった。僕らはまずジョー・ベルの店でマンハッタンを飲んだ。僕のめでたいニュースを耳にすると、彼はシャンパン・カクテルをごちそうしてくれた。そのあとで僕らはぶらぶらと五番街まで歩いていった。そこでは行進《パレード》が行われていた。風にはためく国旗も、軍楽隊の奏《かな》でる威勢の良い音楽も、その靴音も、戦争とは無縁のものに思えた。それは僕の栄誉を讃《たた》えるためのファンファーレに聞こえた。

公園のカフェテリアで昼食を食べた。そのあと僕らは動物園を避けて（檻《おり》の中に閉じこめられた動物を目にすることに耐えられない、とホリーは言った）、くすくす笑ったり、走ったり、一緒に唄《うた》を歌ったりしながら古い木造のボートハウスに向かった。このボートハウスは今はもうない。池の水面には木の葉が浮かび、岸辺では公園の管理人が落ち葉を集めてたき火をしていた。インディアンののろしのように立ち上るその煙だけが、揺らめく大気をわずかに汚していた。僕にとって四月はそれほどたいした月ではない。秋こそがものごとが始まる季節、つまりは春なのだ。ボートハウスのポーチの手すりにホリーと並んで腰掛けながら、まさにそれが僕の感じていたことだった。しかし未来に思いを馳《は》せながらも、僕は過去について語っていた。ホリーが僕の子供時代のことを知りたがったからだ。彼女も自分の子供時代の話をした。しかしそれは名前と場所を欠いた、要領を得ない、印象派絵画のようなお話だった。そして人がそこから受ける印象は、予想とはかけ離れたものだった。彼女が語ったのは夏の水遊びや、クリスマス・ツリーや、綺麗《きれい》な従姉妹《いとこ》たちやパーティーや、そういったたまことに心地良い思い出ばかりだった。要するにホリーは、自分が手にできなかった類《たぐい》の幸福について語っていたのだ。もしそんな環境の中にいたのなら、どう考えたって、そこから逃げ出す必要はなかったはずだ。

でも十四歳のときに家を出て、それから一人で生きてきたというのは本当のことなんだろう、と僕は尋ねた。彼女は鼻を指先で撫でた。「それはほんとのことよ。あとのことはほんとじゃない。でもね、ダーリン、あなたは自分の子供時代をことのほかいたましく描いたでしょう。それに張り合おうという気持ちにはなれなかったの」

彼女は手すりから飛び降りた。「そうそう、それで思い出した。フレッドにピーナッツ・バターを送らなくちゃ」。その午後の残りを、僕らは渋い顔をした食料品店の店主から、缶入りピーナッツ・バターを供出させるべく奮闘努力して過ごした。戦時下にあってはピーナッツ・バターは貴重な品物だった。それでも日が暮れる前に、なんとか半ダースの缶をかき集めることができた。最後の一個を手に入れたのはサード・アヴェニューのデリカテッセンだった。ちょうどその近くに、例の宮殿のかたちをした鳥かごをウィンドウに飾った骨董屋《こっとうや》があった。僕は彼女をそこに連れて行って、品物を見せた。彼女はその趣に、その奇抜さに目を見張った。「でもやはり檻は檻よ」

ウールワースの前を通りかかったとき、彼女は僕の腕をぎゅっと摑《つか》んだ。「何か盗もうよ」と彼女は言って、僕を店の中に無理に連れ込んだ。中にはいると、みんなの視線が僕らに注がれているような圧迫感を感じた。何もしないうちからもう、目をつけられているみたいだ。「さあ、びくびくしちゃだめよ」。彼女は紙のカボチャやハロウィーンのマスクを積んであるカウンターを物色した。売り子の女性は、ハロウィーンのマスクを試している尼さんの一群の相手をすることで忙しそうだった。ホリーはマスクをひとつ手に取り、顔にかぶった。それからもうひとつ取って、僕の顔に当てた。そして僕の手を取り、そのまま店を出た。とても簡単だ。外に出ると僕らは数ブロック走った。たぶんものごとをよりドラマティックにするために。でもそればかりではない。そのとき僕も知ったのだが、成功した盗みは人の心を高揚させるのだ。よく万引きをするのかい、と僕は尋ねてみた。「昔はね」と彼女は言った。「というか、何かがほしければ、盗む以外になかったのよ。でも今でもちょくちょくやってる。腕を錆《さ》びつかせないために」

うちに帰るまで、僕らはずっとそのマスクをかぶっていた。

ホリーと一緒にあちこちに行って、いろんなことをしたという記憶が残っている。たしかに僕らは様々な機会に顔を合わせはした。でも全体を通してみれば、その記憶は正確とは言えない。というのは、その月の終わり頃に僕は就職したからだ。それだけ言えばじゅうぶんだろう。その仕事について詳しく語る気にはなれない。言えるのは、生活のために働かなくてはならなかったし、それは九時から五時までの仕事だったということくらいだ。おかげで僕と彼女は、まるっきり逆の生活を送ることになった。

シンシン刑務所を訪れる木曜日でない限り、あるいはまた公園で乗馬をする日（とくに決まっていない）でない限り、ホリーはだいたい僕が帰宅する頃まで眠っていた。ときどき彼女の部屋に寄って、目覚めのコーヒーにつき合うこともあった。そのあいだに彼女は夜のお出かけのための着替えをした。彼女はいつだってどこかに出かけようとしていた。相手は常にラスティー・トローラーとは限らなかったが、おおむね彼が同伴したし、おおむねマグ・ワイルドウッドとハンサムなブラジル人が一緒だった。彼の名前はホセ・イバラ＝イェーガーといって、母親はドイツ人だった。四重奏団《カルテット》として見れば、彼らはあまり調和のとれた音を出さなかったが、その責任の大半はイバラ＝イェーガーにあった。というのは、そのグループの中では彼一人が浮き上がっていたからだ。ジャズバンドに混じったバイオリンみたいに。彼は知性があり、押し出しが良く、真剣に自分の仕事に取り組んでいる人のように見えた。その仕事は明言はされないものの政府に関係したことであり、どうやら重要な職務であるらしく、週に数日間ワシントンに出向かなくてはならない性質のものだった。その上に毎夜のごとく「ラ・ルー」やら「エル・モロッコ」といったナイトクラブに出かけ、ワイルドウッドのお、お、おしゃべりに耳を澄ませ、ラスティー・トローラーの赤ん坊のお尻《しり》みたいな顔を眺めていなくてはならないというのは、ずいぶんな激務であったに違いない。おそらくは彼は、僕らの大半が外国で生活するときにそうなるように、まわりの人々の品格を見定め、その姿かたちに相応《ふさわ》しい額縁を選ぶことができなくなっていたのだろう。母国にいるときにはきっと、それくらい簡単にできていたはずなのだが。というわけで、すべてのアメリカ人は画一的な物差しで判断されることになり、そのような基準からすれば、彼が交際相手として選んだ人々は、地域色豊かで、アメリカ的人格を備えた、許容可能な見本と見えたのだろう。それで多くの説明がつく。それ以外の部分は、ホリーのがんばりが説明をつけてくれる。

ある日の夕方近く、五番街を通っていくバスを待っていると、通りの向かい側でタクシーが止まり、一人の若い女がそこから降りて、四十二丁目通りの公立図書館の階段を駆け上っていくのが見えた。彼女がドアの中に入ってしまってから、それが誰であるか思い当たった。これはいたしかたのないことだ。というのは、ホリーと図書館というのはなにしろ思いも寄らぬとり合わせだったから。僕は好奇心に駆られて、入り口の二頭のライオンのあいだを抜けながら、君を見かけたんであとをついてきたんだと言うべきか、それともあくまで偶然の出会いを装《よそお》うべきかと、頭の中で討議をかさねた。でも結局どちらもやめて、一般閲覧室の彼女の席から少し離れたところに身を隠した。

彼女はサングラスをかけたまま、机の上に書籍を砦《とりで》のように積み上げていた。そしてそれを片っ端からとばし読みしていった。時折あるページの上に視線がとどまったが、その眉間《みけん》には常にしわが寄せられていた。まるで上下が逆さまに印刷された本を読んでいるみたいに見える。彼女は鉛筆を紙の上にかざしていた。そこに書かれているものにとくに気持ちが引かれている風でもなかったが、それでも折に触れて彼女は妙に念入りに何かを紙に書き付けた。その姿を見ていると、僕は学校時代に知っていたミルドレッド・グロスマンというガリ勉の女の子を思い出した。湿った髪と、汚れた眼鏡のミルドレッド。蛙《かえる》を解剖し、スト破りを阻止しようとする人々にコーヒーを運ぶしみのついた指。その表情のない瞳《ひとみ》が星に向けられるのは、その化学的重量を算定するためでしかない。ミルドレッドとホリーは天と地ほども違っていた。でも僕の目には、二人はまるでシャム双生児みたいに一体のものとして映った。その二人をひとつに縫い合わさせている糸はこのようなものだ。我々の大方はしょっちゅう人格を作り直す。身体《からだ》だって数年ごとに完全なオーバーホールをくぐり抜けることになる。望むにせよ望まないにせよ、我々が変化を遂げていくのは自然なことなのだ。ところがここに、何があろうと断じて変化しようとはしない二人の人物がいる。ミルドレッド・グロスマンとホリー・ゴライトリーの二人だ。それこそが彼女たちの共通点である。彼女たちが変化しようとしないのは、彼女たちの人格があまりにも早い時期に定められてしまったためだ。ちょうど何かの拍子に金持ちになってしまった人間と同じように、あるところで人を支える均衡のようなものが失われてしまったのだ。一人はごちごちの現実主義者になり、もうひとりは救いがたい夢想家になる。二人が将来どこかのレストランで同席するところを僕は想像する。ミルドレッドは相変らず栄養学的見地からメニューをじっと睨《にら》んでいる。ホリーは例によってあれも食べたいこれも食べたいと考え込んでいる。この二人はいつまでたっても変わらない。同じように迷いのない足取りで人生をさっさと通り抜け、そこから出て行ってしまう。左手に断崖《だんがい》絶壁があることなんてろくすっぽ気にかけずに。

そんなことを考え込んでいるうちに、今どこにいるかを僕はすっかり失念してしまった。でもやがて、自分が図書館の薄暗がりの中にいることにはっと気づいた。そしてホリーが同じ場所にいることに思い当たり、あらためて驚異の念に打たれた。時刻はすでに七時をまわっており、ホリーは口紅を塗り直していた。それからスカーフをさっとかぶり、イヤリングをつけ、図書館向けの（と彼女が見なす）外見から、「コロニー」での高級ナイトライフに相応しい（と彼女が考える）外見へと、するりと変身を遂げた。ホリーが出て行ってしまうと、僕はそれまで彼女が座っていた席にさりげなく近づいた。卓上にはまだ本がそのままに残されていた。いったいどんな本を読んでいたのか、僕は知りたかったのだ。「雷神鳥《サンダーバード》は南に」「知られざるブラジル」「ラテン・アメリカの政治精神」、その他あれこれ。

クリスマス・イブに彼女とマグはパーティーを催した。ホリーは僕に少し早く来てツリーの飾り付けを手伝ってくれないかと言った。どうやってそんな大きなツリーをアパートメントに運び込むことができたのか、いまだに謎《なぞ》である。ツリーのてっぺんは天井に当たって折れ曲がり、下の方の枝は壁から壁にまで達していた。それはロックフェラー・プラザに飾られている巨大なクリスマス・ツリーを思わせたが、それだけではなく、そのツリーの飾り付けをするにはロックフェラー並みの金満家でなくてはならなかった。というのはそのツリーは、まるで雪でも溶かすみたいに、飾り付けの玉やら鈴やらを飾るそばから次々に呑《の》み込んでいったからだ。ホリーはちょっとウールワースまで行って、風船をぱくってくるからねと言った。そして実際に風船を持って帰ってきた。おかげでツリーはそれなりに見栄《みば》えのいいものになった。我々は自分たちの働きぶりに乾杯した。「ベッドルームに来てちょうだい。あなたにプレゼントがあるの」とホリーは言った。

僕も彼女へのプレゼントを持参していた。小さなもので、それをポケットに入れていた。でもあの美しい四角い鳥かごが、赤いリボンをかけられてベッドの上に鎮座しているのを目にしたときには、それはいっそうちっぽけなものに感じられた。

「でもホリー、こんなのってとんでもないよ！」

「ほんとにこんなものを買うことになるなんてね。でもあなたはそれをすごく欲しがっていたじゃない」

「お金のことを言ってるんだ！　三百五十ドルもするんだぜ！」

彼女は肩をすくめた。「そんなの、お化粧室に行くときのチップ数回分よ。でも約束してちょうだいね。何があってもこの中に生き物を入れないって」

僕はホリーにキスしようとしたが、彼女は片手を前に出して押しとどめた。「私にもそれをちょうだい」、そう言って僕のポケットの膨らみをとんとんと叩《たた》いた。

「大したものじゃないんだ」、実際にそれは大したものではなかった。ただの聖クリストフォロスのメダルだ。でも少なくともそれはティファニーで買い求めたものだ。

ホリーはものを大事に保管しておくタイプではないし、きっとそんなメダルはどこかでなくしてしまっているはずだ。スーツケースか、ホテルの部屋の抽斗《ひきだし》の中にでも置き忘れて。しかし僕は今でもまだその鳥かごを持っている。それを提げてニューオーリアンズに行き、ナンタケットに行き、ヨーロッパ中を旅し、モロッコや西インド諸島にも行った。でもそれがホリーからプレゼントされたものだと思い出すことはほとんどなかった。というのはある時点から、僕はその事実を忘れてしまおうと決意したからだ。我々は一度大きな仲違《なかたが》いをした。その台風の目でぐるぐるまわっていたのは、くだんの鳥かごであり、O・J・バーマンであり、僕の書いた短編小説だった。僕はその作品が掲載された大学出版局の文芸誌を一部、彼女にあげていた。

二月にホリーは避寒旅行に出かけた。連れはラスティーとマグとホセ・イバラ＝イエーガーだった。我々の激しい口論は、彼女がその旅から帰ってきた直後に持ち上がった。彼女の肌はヨード色に焼け、髪は太陽に晒《さら》されて、幽霊じみた色合いに変わっていた。彼女にとってそれは素晴らしい旅だった。「うん、まず私たちはキー・ウェストに行ったの。そこでラスティーは何人かの船員に対して頭に来て、というか向こうが彼に対して頭に来たのかな、とにかくそれでまあひと悶着《もんちゃく》あって、結局ラスティーは残りの人生を、背骨の矯正具をつけたまま過ごさなくてはならないことになっちゃったわけ。気の毒なマグもやはり病院に収容された。重度の日焼けでね。そりゃひどかったわ。なにしろ水疱《すいほう》だらけ、シトロネラ油を身体じゅうに塗りたくられて。とてもじゃないけど耐えがたい匂《にお》いだった。それで私とホセは彼らを病院に残して、二人でハバナに行ったの。リオの方が素晴らしいとホセは言ったけど、私としてはもうハバナにぞっこんになっちゃったわ。ガイドが一人ついたんだけど、そのガイドがそりゃ素敵なんだ。おおむねは黒人で、中国人の血もちっとばかし混じっていて、私はどっちの血筋にもそんなに興味はないんだけど、この人の場合、その組み合わせの具合がなかなか絶妙なわけ。だからテーブルの下で膝《ひざ》をごしょごしょするのを許してあげた。ぶちまけた話、彼はぜんぜん退屈な人ではなかったしね。でもね、ある夜に彼が私たちをブルー・フィルム鑑賞に連れて行ってくれたわけ。で、どうなったと思う？　なんとまあ、そのご本人が映画に出演しているわけ。言うまでもないことだけど、私たちがキー・ウェストに戻ったとき、マグは私がずっとホセと寝ていたはずだと決めていた。ラスティーもね。でも彼はそんなことはちっとも気にしなかった。ただあれこれ細部を知りたがっただけ。そんなこんなで、雰囲気はけっこう緊張したものになったわ。私がマグと腹を割って話をするまでは、ということだけど」

僕らは客間で話をしたのだが、もう三月も近いというのに、巨大なクリスマス・ツリーはいまだその部屋の大部分を占めていた。葉は茶色になり、香りはすっかり失《う》せ、風船はしぼんで年老いた雌牛の乳首のようになっていた。部屋に家具がひとつ増えていることに僕は気がついた。軍隊用の折りたたみ寝台だ。それが日焼け灯の下にあり、ホリーは南国風の外観を保つためにそこにごろんと寝そべっていた。

「それでマグは納得したの？」

「私がホセと寝なかったということに？ 当然じゃない。私は単刀直入に言った。実は私はレズビアンなのよって。もちろん、こんなことを打ち明けるくらいなら死んだ方がまだましなんだけどっていう辛《つら》そうな顔をしてね」

「まさかそんなたわごとを彼女は信じたわけじゃないよね」

「信じたに決まっているでしょうが。だからこそ彼女はどこかで、この陸軍用簡易寝台を買い込んできたわけよ。こういうことは私にまかせてちょうだい。相手にショックを与えることにかけちゃ、はばかりながら誰にも引けを取らないんだから。ねえダーリン、背中にオイルを塗ってちょうだいな」、僕が仰《おお》せに従っているあいだ、彼女は言った。「O・J・バーマンが今こっちに来ているのよ。それでね、あなたの小説が載っている雑誌を渡したの。彼はとても感心していたわ。援助の手をさしのべるだけの価値があなたにはあると思ったみたい。でも路線に間違いがあるって言ってた。黒人と子供しか出てこないような話は誰も読みたがらないって」

「バーマンさんは読みたがらないだろうね。たしかに」

「あら、私だって同じ意見よ。あの小説は二回読んだわ。ガキと黒んぼ。そよそよと揺れる木の葉。描写ばかり。そんなのつまんない」

彼女の肌にオイルを延ばしていた僕の手は、自らの感情を持ち始めたみたいだった。その手は宙に浮かんだところから、お尻の上に強く振り下ろされたいという衝動に駆られていた。「例を示してくれないか」と僕は冷静な声で言った。「いったいどんなものがつまんなくないのか、君の意見を聞きたい」

「『嵐《あらし》が丘』」と彼女は間を置かずに言った。

僕の手が抱いている切望はまさに抑えの利《き》かないものになりかけていた。「でもそれは無茶な話だよ。不朽の名作と比べられても困るんだ」

「うん、まさに名作よね。『私の素敵な、向こう見ずなキャシー』。どれだけ泣かされたことですか。十回も見たわ」

僕はかなりの安堵《あんど》を込めて「なるほど」と言った。その「なるほど」に、うわずった恥ずべき抑揚をつけて「映画か」という言葉が続いた。

彼女の筋肉がきっとこわばった。まるで日差しに温められた石に手を触れているような感じがした。

「人は誰しも、誰かに対して優越感を抱かなくてはならないようにできている」と彼女は言った。「でも偉そうな顔をするには、それなりの資格ってものが必要じゃないかしら」

「べつに僕は自分と君とを引き比べているわけじゃない。あるいはバーマンともね。だから優越感を持ついわれもないんだ。僕らはまるで違ったものを求めているわけだから」

「あなた、お金を儲《もう》けたくないの？」

「そこまではプランに入ってない」

「あなたの小説と同じ。最後がどうなるかもわからないままに書いているみたいだもの。ひとついいことを教えてあげる。お金は儲けた方がいいわよ。あなたの想像力はお金がかかるから。あなたのために鳥かごを買ってくれるような人は、そうたくさんはいない」

「悪かったね」

「すまながるのは、私をぶってからにしたら。あなたはさっきそうしたいと思ってたでしょう。手の感じでわかるのよ。そして今だって同じことを考えているはず」

実にそのとおりだった。それも抑えがたいほどに。オイルの瓶の蓋《ふた》をしめながら、僕の心も僕の手も、ぶるぶると震えていた。「いや、ぶってもとくに後悔しないとは思うけど、ただ、君に無駄遣いをさせたのは悪かった。ラスティー・トローラーから金を巻き上げるのは、さして愉快なことでもなかっただろう」

彼女は簡易寝台の上に身を起こした。彼女の顔と裸の胸は、日焼け灯に照らされて、冷ややかな青に染まっていた。「ここからドアまで歩いてだいたい四秒かかるんだけど、それをきっかり二秒で行ってちょうだいね」

僕はまっすぐ上に行って、鳥かごを持って降りてきた。そして彼女の部屋の前にそれを置いた。それですべては終わった。あるいは終わったと思っていた。翌日の朝、仕事に出かけるためにうちを出ようとして、歩道のゴミ缶の上にその鳥かごが鎮座しているのを目にした。そこに置かれて、ゴミの回収車が来るのを待っているのだ。僕はそれを拾い上げ、こそこそと部屋に持ち帰った。しかしそのような条件付きの降伏も、ホリー・ゴライトリーを僕の人生から閉め出してやるという決意を揺るがすには至らなかった。彼女は「あさましい自己顕示欲の権化《ごんげ》」であり、「意味のない空疎《くうそ》な人生を送る人間」であり、「度しがたいまやかし」だと僕は決めたのだ。そんな人間とは二度と口をききたくない。

それほど長い期間ではないにせよ、僕は実際に彼女と口をきかなかった。階段ですれ違うときにはお互いに視線をそらした。ジョー・ベルの店に彼女が入ってくると、僕は外に出て行った。一階に住んでいるコロラトゥーラ歌手であり、熱心なローラースケート愛好家であるサフィア・スパネッラ女史が、あるときアパートメントの住人たちのあいだに回状をまわした。ホリーの立ち退《の》きを求めるための請願書だった。スパネッラ女史の言うところによればミス・ゴライトリーは「道徳的に許しがたい」上に、「一晩中パーティーを催し、近隣住民の安全と正気を危うくしている」ということだった。僕は署名することこそ断ったが、女史の言いぶんにも一理あると思った。しかしその署名集めも結局は失敗に終わった。そして四月が五月に近づくにつれて、外気は暖かくなり、窓は開け放たれ、春の夜はパーティーの騒音でにぎやかに彩《いろど》られるようになった。大音量のレコード音楽と、マティーニでできあがった酔客の笑い声が、アパートメントの二号室から盛大に外にこぼれ出て行った。

ホリーを訪れる人々の中に怪しげな人種を目にするのは、とくに珍しいことではなかった、というか、まったくしょっちゅうのことだった。しかし春も終わりに近づいたある日、建物の玄関を通り抜けるときに、どう見ても場違いな男が彼女の郵便受けをじろじろと見ているのを、僕は目にとめた。年齢は五十代前半、日焼けした無骨な顔で、灰色のうらぶれた目をしていた。汗の染《し》みの付いた古い灰色の帽子をかぶり、淡いブルーの安物の夏用背広を着ていた。ひょろっとした体軀《たいく》のせいで、その背広は余計にだらしなく垂れて見えた。靴は茶色で新品だった。ホリーの部屋のベルを押すつもりは、この男にはないようだった。点字でも読むみたいに、名刺に浮き彫り印刷された彼女の名前を指でそろそろとなぞっていた。

その夜、夕食をとりに外に出たとき、僕はまたその男の姿を目にした。彼は通りの向こう側で樹木にもたれて立ち、ホリーの部屋の窓をじっと見上げていた。不吉な考えが僕の頭をよぎった。あの男は私立探偵なのだろうか？　あるいは彼女の友人であるシンシン刑務所の住人、サリー・トマトにつながりのある暗黒街の手先なのだろうか？　そういった状況は、ホリーに対する思いやりの気持ちを、僕の中に再び呼び覚ました。たとえ不和をそのまま続けるにせよ、一時的に休戦して、彼女が誰かに見張られているという警告を与えるくらいはしてやってもいいはずだ。七十九丁目とマディソン・アヴェニューの交差点にある「ハンバーグ・ヘヴン」に向かって東へ歩き始めたとき、僕は男の注意がこちらに向けられるのを感じた。そしてほどなく、彼があとをついてきていることに気づいた。振り返らなくてもそれはわかった。というのは、男は歩きながらずっと口笛を吹いていたからだ。それもありきたりの曲ではない。ホリーがよくギターで弾いていたあの哀調を湛《たた》えた、大平原のメロディーだった。「眠りたくもない。死にたくもない。空の牧場をどこまでもさすらっていたい」。口笛はパーク・アヴェニューを渡り、マディソン・アヴェニュー沿いにあとをついてきた。信号待ちをしているときに、視線の端に彼の姿が見えた。彼は身を屈《かが》めて、ぱっとしない見かけのポメラニアンを撫《な》でていた。「なかなか素晴らしい犬ですなあ」と飼い主にしゃがれた声で言った。いかにも田舎臭い、間延びしたしゃべり方だ。

「ハンバーグ・ヘヴン」はがらがらだったが、彼は長いカウンター席の僕のすぐとなりに座った。彼の身体《からだ》からは煙草《たばこ》と汗の匂いがした。コーヒーを注文したが、運ばれてきても手もつけなかった。ただ楊枝《ようじ》を噛《か》みながら、向かいの壁の鏡に映った僕の顔を検分していた。

「失礼ですが」と僕は鏡の中の彼に話しかけた。「何かご用ですか?」

そう言われても彼は顔色ひとつ変えなかった。むしろほっとしたみたいだった。

「いやね」と彼は言った。「ちと助けがほしくてね」

彼は札入れを取り出した。彼のごわごわの両手と同じくらいくたびれた代物《しろもの》だ。今にもばらばらになってしまいそうに見えた。彼が渡してくれたくしゃくしゃの、ひびの入った、ピンぼけのスナップ写真も似たような状態だった。そこには七人の人間が写っていた。愛想のない木造家屋のたわんだポーチに、彼らは集まって並んでいた。彼本人を別にすれば、あとはみんな子供たちだった。彼はぽちゃっとした金髪の女の子の腰に手を回していた。女の子は日光をさえぎるために片手を目の上にかざしていた。

「これが私だ」と彼は自分の姿を指さした。「これがあの子だ……」と言って肉づきの良い女の子を指で叩《たた》いた。「そしてここにいるのが」と彼は淡い色の髪ののっぽを指さした、「あの子の兄のフレッドだ」

僕はもう一度「あの子」をしげしげと見た。そして、そう、たしかにその目をそばめた頬のぽっちゃりした子供には、ホリーの原型らしきものが見て取れた。そして同時に、この男が誰なのか僕には察しがついた。

「あなたはホリーのお父さんなんですね」

彼は驚いたような顔をし、眉《まゆ》をひそめた。「名前はホリーじゃない。ルラメー・バーンズっていうんだ。結婚前はな」と彼は言って、口の中で楊枝の位置を変えた。「私と結婚するまではだよ。私は彼女の夫だ。ドク・ゴライトリー。馬の医者をしている。獣医だ。かたわらに百姓もやっている。テキサスのチューリップの近くで。あんた、何かおかしいかね？」

僕は本気で笑っているわけではなかった。それは神経のひきつりのようなものだった。僕はごくごくと水を飲み、むせた。彼が背中を叩いてくれた。「こいつは笑い事じゃないんだよ、あんた。私はくたびれた。この五年間、ずっと女房の行方を捜し回っていたからね。フレッドからの手紙で居場所がわかると、すぐにグレイハウンドの切符を買って、ここまで飛んできた。ルラメーは亭主と子供たちの待っているところに戻ってこなくちゃならんのだ」

「子供たち？」

「これらは彼女の子供たちだ」と彼は言った。ほとんど叫ぶみたいに。これらというのは前述の三人以外の、写真の中の四つの幼い顔を意味していた。二人の裸足《はだし》の少女と、二人のつなぎの作業服を着た少年だ。これではっきりした、やはりこの男は頭がどうかしているのだ。「でもホリーがこの子たちの母親であるわけがないでしょう。みんな彼女より年上じゃありませんか。ずっと大きいし」

「いいかね、あんた」と彼は言い聞かせるような声で言った。「なにもあれがこの子たちを産んだと言っとらんよ。この子たちの尊ぶべき母親は、尊ぶべき女性は、一九三六年の七月四日に、独立記念日にこの世を去った。神よ、彼女の魂を安らかに眠らせ給《たま》え。それは旱魃《かんばつ》の年だった。私がルラメーと結婚したのは一九三八年の十二月で、彼女は十四歳になろうとしていた。普通の人間なら、十四歳ではまだ右も左もわからんだろうが、しかしなあんた、あれは並みではない女だった。私の妻となり、子供たちの母親となることに同意したとき、それがどういうことなのかちゃんとわかっておった。あんな具合にわしらを捨てて家を出て行ったとき、みんなひどくがっくりした」、彼は冷めたコーヒーを一口すすり、探るような熱いまなざしで僕の顔を見た。「それであんた、私をまだ疑うかね？　私の言っていることに嘘偽《うそいつわ》りがないと信じるかね？」

僕は信じた。作りごとにしてはあまりにも法外な話だったし、彼の言ったことはO・J・バーマンの話にも合っていた。最初にカリフォルニアでホリーに会ったときのことを、彼はこう言っていた。「彼女がオクラホマくんだりから流れて来たのか、テキサス州南部の山奥から這《は》い出て来たのか、いっこうに見当もつかん」と。彼女がテキサス州チューリップの少女妻であったとわからなくても、バーマンを責めるにはあたらない。

「あれがあんな具合にわしらを捨てて家を出て行ったとき、みんなひどくがっくりした」、獣医は同じことを繰り返した。「出て行くいわれはなかった。家事はみんな娘たちがやっていた。ルラメーはただ遊んでいればよかったんだ。鏡の前でなにやかやして、髪を洗っていればそれでよかった。うちには牛たちもいたし、菜園もあったし、鶏や豚もいた。おかげであの娘はしっかりと肥えた。フレッドも巨人のようになった。二人がうちにやって来たとき、どんなだったか見せてやりたかったね。二人をうちの中に入れたのはネリーだった。いちばん上の娘のネリーがそうしたんだ。ある朝にネリーがやってきてこう言った。『パパ、浮浪者みたいな子供を二人、台所に押し込めてあるよ。外で牛のミルクと七面鳥の卵を盗んでいるところを、あたしが捕まえたんだ』。それがルラメーとフレッドだったんだ。あんな惨《みじ》めな代物は、あんただって見たことはあるまいよ。あばら骨がそこら中に浮き出ていて、脚はひょろひょろでろくすっぽ立ってもいられないんだ。歯はぐらついていて、おかゆだって満足に嚙めやしない。どうしてそうなったかというと、母親が肺結核で死んで、父親もほどなく同じ病気で死んだ。そのあとたくさんの子供たちは散り散りになって、いろんな人に引き取られた。みんな根性の悪い連中だ。ルラメーとフレッドは、チューリップから百マイルほど東に離れたところに住むたちの悪い、ごろつき同然の家族に引き取られた。そこを逃げ出すには逃げ出すだけの理由があったさ。しかしうちから逃げ出す理由はどこにもなかった。それはあれのうちだったんだからな」、彼はカウンターの上に両《りょう》肘《ひじ》をつき、指先で閉じた瞼《まぶた》を押した。そしてため息をついた。「あれはよう肥えて、ほんとにきれいになった。元気いっぱいにもなった。カケスみたいによくしゃべった。

どんなことについても、賢い意見を言った。ラジオでみんなが言うことよりもっと賢かった。私は気がつくともう、外に出て花をつんでいた。カラスを一羽仕込んで、あれの名前を覚えさせた。ギターの弾き方も教えてやったよ。あの子をただ見ているだけで、目から涙が溢《あふ》れてきた。結婚を申し込んだ夜には、私は赤ん坊のように泣いた。あれは言ったよ、『なんで泣くのよ、ドク？　もちろん私たちは結婚するわ。結婚したことはまだ一度もないしね』。ああ、私は思わず吹き出してしまったね。そしてあれをしっかりと抱きしめた。結婚したことはまだ一度もないだと！」、彼はくすくすと笑い、楊枝をしばらくのあいだ嚙んでいた。「あれが幸福でなかったなんて、誰にも言わせんよ！」と彼は挑みかかるように言った。「私らはみんなであれを甘やかしたんだ。あれは指一本上げる必要がなかった。パイを食べたり、髪を梳《と》かしたり、雑誌を郵便で取り寄せたりすることのほかにはな。そんな雑誌に払った金だけで百ドルはくだるまいよ。ところがそいつがいけなかった。ちゃらちゃらした写真を見て、夢みたいな話を読んで。そのおかげであれはふらふらと外を出歩くようになったんだ。毎日ちょっとずつ遠くまで歩いていった。一マイル歩いて、うちに帰ってきた。二マイル歩いて、うちに帰ってきた。そしてある日、そのまま帰ってこなかった」、彼はまた両手を目に当てた。息づかいが耳障《みみざわ》りな音を立てた。「あれに与えたカラスは野生に戻って、どこかに飛んでいった。夏中、そのカラスの声が聞こえたよ。庭でも、菜園でも、森の中でも。そのろくでもない鳥は夏のあいだずっと叫び続けた。ルラメー、ルラメーってな」

彼は前屈みになってただ黙していた。まるで遠い夏の響きに耳を澄ませるみたいに。レジに行って二人分の勘定を払った。僕がお金を払っていると、彼が横に来た。店を出て、一緒にパーク・アヴェニューまで歩いた。風の強いひやりとした夕方だった。店先の粋《いき》な天幕が風に吹かれてはためいていた。我々は無言で歩いていたのだが、やがて僕がその沈黙を破った。「でも彼女のお兄さんはどうしたんです？　彼は家を出なかったんですか？」

「ああ、出なかった」と彼は言って、咳払《せきばら》いをした。「フレッドは軍隊に取られるまで、ずっと私らと一緒に暮らした。いい子だ。馬の世話が上手でな。ルラメーが何を考えてそんなことをしたのか、フレッドには見当もつかなんだ。兄や夫や子供たちを捨てて姿をくらますなんてな。しかし軍隊に入って、フレッドはあれから連絡を受けるようになった。このあいだフレッドはあれの住所を書いてよこした。だから私はここまで連れ戻しにきたんだよ。今ではきっと自分のしたことを悔んでおるはずだ。うちに戻りたがっているだろう」。彼は僕に同意を求めているみたいだった。僕は彼に言った。ホリーは、あるいはルラメーは、昔に比べると少し変ったと思いますよと、「なあ、あんた」と彼は言った。「我々はアパートの入り口に近づいていた。「助けがほしいとあんたに言った。というのは、あれを驚かせたくないからだよ。怖がらせたくない。だからすぐには押しかけなかったんだ。手伝ってもらえんかね。私がここにいることをあれに教えてくれ」

ミセス・ゴライトリーをその夫に引きあわせるのは愉快なことだろうなと僕はふと思った。そして明かりの灯《とも》った彼女の部屋の窓を見上げながら、そこにいつものお友だちが揃《そろ》っているといいのになとも思った。このテキサス男がマグやらラスティーやらホセやらと握手する光景が見られたら、なおさら愉快だろう。でもドク・ゴライトリーの誇りと熱意に溢れた目と、汗の染みのついた帽子を見ると、そんなことを思い描いた自分が恥ずかしくなった。彼は僕のあとをついてアパートの中に入り、階段の下で待つ体勢を整えた。「格好に変なところはないだろうね?」と彼は小声で尋ねた。袖《そで》を払い、ネクタイを硬く締めた。

ホリーは一人だった。彼女はすぐに戸口に出てきた。というか、ちょうど外出するところだったのだ。白いサテンのダンス用パンプスと大量の香水は、楽しい催しが彼女を待ち受けていることを告げていた。「あらあら、誰かと思えば」と彼女は言って、小さなハンドバッグで僕をいたずらっぽく軽く叩いた。「今は急いでいるから仲直りしている時間はないの。明日にでも平和協定のパイプを二人でまわしましょう。それでいい？」

「いいよ、ルラメー。もし君が明日もこのあたりにいるなら」

彼女はサングラスをとり、目をすぼめて僕をまじまじと見た。彼女の目は砕けたプリズムのように見えた。青と灰色と緑の点が、砕けた煌《きら》めきとなってそこに散っていた。「彼があなたにその名前を教えたのね？」と彼女は小さな震える声で言った。「ああ、お願い。彼はどこにいるの？」、彼女は僕をくぐり抜けるようにして廊下に出た。「フレッド！」と彼女は階段の下に向かって叫んだ。「フレッド！　どこにいるの、ダーリン？」

ドク・ゴライトリーが階段を上がってくる足音が聞こえた。手すりの上に彼の頭が現れた。それを見てホリーは身を引いた。恐れからではない。彼女はおそらくただ失望の殻の内へと後ずさりしたのだ。それから彼はホリーの前に立った。ばつが悪そうに、照れたように。「ああ、ルラメー」と彼は切り出し、そして口をつぐんだ。というのはドクの姿を凝視しながらも、彼女の目はどこまでもうつろで、相手が誰だか見定められずにいるようだったからだ。「なんてことだ」と彼は言った。「ろくに飯も食ってないんじゃないか？　そんなにがりがりに痩《や》せちまうなんて。最初に見たときとそっくりじゃないか。目ばっかりぎらぎらして」

　ホリーは彼の顔に指を触れた。その顎《あご》が、伸びた無精髭《ぶしょうひげ》が現実のものであることを確かめるみたいに。「ハロー、ドク」と彼女は優しい声で言った。そして彼の頬にキスをした。「ハロー、ドク」と幸福そうな声で繰り返した。ドクは肋骨《ろっこつ》が折れるのではないかと思えるほど強く彼女を摑《つか》み、宙に持ち上げた。腹の底から湧《わ》き出した安堵《あんど》の笑いが、彼の身体を揺すった。「ああ、ルラメー。夢みたいだ」

　僕は彼らをすり抜けるようにして、上の階の自分の部屋に戻ったが、二人ともそんなことには気づきもしなかった。サフィア・スパネッラ女史がドアを開けて、「うるさいわね！　まったく恥知らずな。いかがわしい商売はどっかよそでやってちょうだい」と叫んだが、それにも気づかないみたいだった。

「彼と離婚したのかって？　離婚なんてするわけないでしょう。私はそのときまだ十四歳だったのよ。そんな婚姻が法的に成立するわけないじゃないの」、彼女は空っぽのマティーニのグラスをとんとんと叩いた。「二つおかわりよ。お願い、ベルさん」

　僕らはジョー・ベルの店に腰を据えていたのだが、主人は気の進まない顔でその注文を受けた。「朝っぱらからちっと飲み過ぎじゃないのかね」と彼は胃薬をぼりぼり噛《か》みながら苦言を呈した。バーの後ろにかけてある真っ黒なマホガニーの時計によれば、時刻はまだ正午前だったが、僕らは既に三杯ずつ飲んでいた。

「でも今日は日曜日よ、ベルさん。日曜日には時計はゆっくりとしか進まないの。それにだいたい、私はまだベッドにも入っていないんだから」と彼女は言って、それから打ち明けるように僕に言った。「つまり眠ってはいないってことだけど」。彼女は赤くなって、罪悪感を覚えたように目をそらせた。知り合って以来初めて、彼女は自分を正当化する必要に迫られているようだった。「まあね、そうしないわけにはいかなかったの。ドクは私のことを心から愛しているのよ。そして私も彼のことが好きよ。あなたの目には年寄りで、むさくるしく見えるかもしれない。でも彼の心にはとても温かいものがあるの。鳥や子どもたちやそういう弱いものたちには、惜しみなく愛情を注げる人よ。そしてそういう思いやりを受けたら、相手が誰であれ、その恩義は忘れちゃいけない。私はお祈りをするときには、いつもドクのことを思っているわ。ねえ、にやにや笑いはよしてちょうだい！」、彼女は煙草《たばこ》をこすりつけて消しながら、ぴしゃりと僕に言った。「私だってお祈りくらいするんだから」

「にやにや笑いなんてしてない。にこにこしているだけだ。君くらい枠に収まらない人には会ったことがない」

「それが私なの」と彼女は言った。彼女の顔は疲れ果て、朝の光の中でなにか傷を負っているようにも見えたが、それが一瞬明るくなった。くしゃくしゃになった髪をまっすぐにすると、まるでシャンプーの広告みたいに眩《まぶ》しく輝いた。「きっとひどい顔をしているわよね。でもそれも仕方ない。私たちは長距離バスの停留所でうろうろして、朝までの時間をつぶしていたんだもの。最後の最後まで、ドクは私が一緒にうちに帰るものと思っていた。私はもう十四歳じゃないし、ルラメーでもないんだとどれだけ言っても通じないんだ。でもいちばんの問題は（そのことは二人でそこに立っているときにわかったんだけど）私は実際には何ひとつ変わっちゃいないってことなのね。私は今でもまだ七面鳥の卵を盗んだり、いばらの藪《やぶ》を駆け抜けたりしているルラメーなの。今ではそれを『嫌ったらしいアカ』って呼んでいるだけ」

ジョー・ベルはいかにも面白くもなさそうに、僕らの前にマティーニのおかわりを置いた。

「野生のものを好きになっては駄目よ、ベルさん」、とホリーは彼に忠告を与えた。「それがドクの犯した過《あやま》ち。彼はいつも野生の生き物をうちに連れて帰るの。翼に傷を負った鷹《たか》。あるときには足を骨折した大きな山猫。でも野生の生き物に深い愛情を抱いたりしちゃいけない。心を注げば注ぐほど、相手は回復していくの。そしてすっかり元気になって、森の中に逃げ込んでしまう。あるいは木の上に上がるようになる。もっと高いところに止まるようになり、それから空に向けて飛び去ってしまう。そうなるのは目に見えているのよ、ベルさん。野生の生き物にいったん心を注いだら、あなたは空を見上げて人生を送ることになる」

「酔っぱらっているね」とジョー・ベルは僕に通達するように言った。

「ちっとばかり」と彼女は告白するように言った。「でもドクには、私が言っていることはわかった。私は嚙んで含めるようにひとつひとつ説明したの。彼にもそれは吞《の》み込めた。私たちは握手をし、しっかりと抱き合い、そして彼は私の幸運を祈ってくれた」、彼女はちらっと時計に目をやった。「今頃はもうブルー・マウンテンズあたりね」

「いったい何の話をしているんだね」とジョー・ベルは僕に訊《き》いた。

ホリーはマティーニのグラスを上げた。「ドクにも幸運を祈りましょう」と彼女は言って、僕のグラスに彼女のグラスを合わせた。「幸運を祈るわ。そしてね、ドク、ひとこと言わせて。空を見上げている方が、空の上で暮らすよりはずっといいのよ。空なんてただだからっぽで、だだっ広いだけ。そこは雷鳴がとどろき、ものごとが消え失《う》せていく場所なの」

「トローラー、四度目の結婚」と見出しにあった。僕は地下鉄に乗っていて、それを目にしたのはブルックリンあたりのどこかだ。その見出しを堂々と前面に押し出した新聞は、別の乗客が手にしていた。僕がなんとか読み取れたのは、「しばしばそのナチびいきの言動を批判されるプレーボーイの大富豪、ラザフォード・〈ラスティー〉・トローラーは昨日、グレニッチで電撃結婚。相手は美しき――」というところまでだった。あとは読む気もしなかった。ホリーはとうとうあんな男と結婚したのだ。やれやれ、そのまま地下鉄に轢《ひ》かれてしまいたいような気分だった。とはいえその見出しを目にする前から、僕は既にそういう心持ちになっていた。気持ちがとことん落ち込むだけの理由が僕にはいくつもあった。ジョー・ベルの店で酔っぱらった日曜日以来、僕はホリーとまったく顔を合わせていなかった。ただの一度も。それから今までの数週間は、ホリー流に言えば「いやったらしいアカ」続きだった。まず最初に僕は職を失った。クビになっても文句は言えないのだが、ややこしすぎて一口では説明することのできない、そして笑ってしまうしかないような不始末もそこにからんでいた。おまけに徴兵委員会が僕に対して、ちらちらと興味を示していた。狭い町の窮屈な暮しから、ついこのあいだ抜け出してきたばかりだったから、またぞろ似たような不自由きわまりないところに放り込まれるのかと思うと、つくづく気が滅入《めい》った。いつ徴兵されるかしれない身であり、また語るに足る職業的技能も持たなかったから、新たな仕事を見つけることはまず不可能に思えた。

そういう状態で、僕はブルックリンあたりで地下鉄に乗っていた。今はもう廃刊になった「PM」紙の面接を受けた帰りだった。面接はあまりうまくいかなかった。そんな何やかやと、都会の夏の暑さが一緒になって、僕の頭は一種の判断停止状態に陥っていた。だから地下鉄に轢かれてしまいたいと思ったというのは、あながち誇張ではないのだ。新聞の見出しは僕のそんな落ち込みをより強固なものにした。もしホリーがあの「間抜けの赤ん坊」と結婚してしまうなら、この世界にはびこっている愚かしさの軍団が僕を踏みつけて行進していったとしても、何の不思議もない。それとも、まことにもっともな問いかけではあるのだが、このような激情がわき起こったのは、僕がホリーに恋をしていたせいなのだろうか？　ある程度はそうだろう。僕はたしかに彼女に恋をしていた。かつて母親が料理人としてやとっていた黒人のおばさんに恋していたのと同じように、あるいは配達の巡回に一緒に回らせてくれた郵便配達人や、マッケンドリックという一家全員に対して、恋心を抱いていたのと同じように。そういう種類の愛だって、それなりに嫉妬《しっと》の情を喚起することになるのだ。

目的の駅に着くと、僕は新聞を買い求めた。そして中断された文章の続きを読み、ラスティーの結婚相手が「美しきカバーガール、アーカンソー山間部出身のマーガレット・サッチャー・フィッツヒュー・ワイルドウッド嬢」であることを発見した。なんだマグじゃないか！　僕は深い安堵の息をつき、おかげで脚から力が抜けてしまい、そこからうちまでタクシーに乗らなくてはならなかった。

サフィア・スパネッラ女史が廊下で僕を待っていた。目は血走り、両手はぎゅっと握り合わせられている。「警察を」と彼女は言った。「警察を呼んできてちょうだい。あの女が誰かを殺そうとしているの！　誰かがあの女を殺そうとしているの！」

たしかにそのような物音が耳に届いた。まるでホリーのアパートメントに数頭の虎《とら》が入り込んで暴れまわっているみたいだ。グラスの砕ける音、何かが裂ける音、倒れる音、家具がひっくり返される音。しかし騒然とした物音こそすれ、言い争う声は聞こえない。なんともはや不思議な感じだった。「走っていって」とスパネッラ女史は僕を押しながら言った。「警察に行って、殺人事件だと言って！」

僕は走ったが、行き先はホリーの部屋のドアだった。ドアをどんどんと叩《たた》くと、ひとつだけ反応があった。派手な物音が収まったのだ。部屋はぱったり静まりかえった。

しかし中に入れてくれという僕の頼みに対して、返答はまったくなかった。ドアをぶち破ろうという試みは、肩を痛めただけに終わった。それから階下でスパネッラ女史が、新たにやってきた誰かに向かって、警察を呼びなさいと命じている声が聞こえてきた。その誰かは「うるさい。そこをどくんだ」と怒鳴りつけた。

ホセ・イバラ＝イェーガーだった。今日はスマートなブラジルの外交官には見えない。ひどく汗をかき、怯《おび》えた目をしていた。彼は僕にも、そこをどきなさいと言った。そして自分の鍵《かぎ》を使ってドアを開けた。「こちらです。ドクター・ゴールドマン」と言って、同伴していた男を手招きした。

中に入るなとは誰にも言われなかったので、二人のあとについて部屋に入った。部屋の中はひどい有様だった。クリスマス・ツリーはここに至ってやっと解体されていた。まさに解体というほかはない。引き裂かれた本や、割れたライト・スタンドや、レコードが盛大に散らかった床に、枯れて茶色に変色したいくつもの枝が転がっていた。冷蔵庫まで空っぽにされ、中身はそこらじゅうにばらまかれていた。生卵が壁をつたって垂れていた。そしてそのような瓦礫《がれき》の真ん中で、ホリーの名無しの猫が物静かに、床にこぼれた牛乳をなめていた。

割れた香水の瓶のせいで、ベッドルームはひどく息苦しかった。僕は床に落ちていたホリーのサングラスを踏みつけてしまった。レンズは踏みつける前から既に割れており、フレームは二つに折れていた。

おそらくはそのせいだろう、ベッドの上に身をこわばらせたホリーは、ほとんど何も見えていないような目でホセを見ていた。医師の存在に気づかないように見えたのも、たぶん眼鏡がなかったせいだろう。医師はホリーの脈を取り、なだめるように言った。「あなたはずいぶん疲れていますね、お嬢さん。とても疲れている。きっと眠りたいのでしょう。そうじゃありませんか？　お眠りなさい」

ホリーはおでこをごしごしとこすった。指を切っていて、その血がついた。「眠る」と彼女は言った。そしてくたびれきって、むずかっている子どものように鼻を鳴らした。「彼は私を眠らせてくれたただ一人の人だった。寒い夜に抱きつかせてくれた。メキシコに素敵な土地があったのよ。馬がいた。海のそばだった」

「馬がいて、海のそばだった」と医師はあやすように言った。そして鞄《かばん》の中から皮下注射器の黒いケースを取りだした。

ホセは針を目にするのが耐えられないように顔を背けた。「彼女の病気はただの悲しみなのですか？」と彼は尋ねた。彼の自由とは言えない英語は、その質問に巧まざるアイロニーを賦与《ふよ》していた。「悲しみがただ病いなのですか？」

「ぜんぜん痛くはなかったでしょう」と医師は、ホリーの腕を脱脂綿で得意気にとんとんと叩きながら言った。

彼女はやっと目の焦点を医師に合わせることができた。「何もかもが痛むの。私の眼鏡はどこかしら?」。しかし眼鏡の必要はなかった。その目は勝手に閉じていったからだ。

「彼女はただ悲しんでいるだけなのですか?」とホセはなおも尋ねた。

「すみませんが」、医師はホセに対してぴしゃりと言った。「私とこの人を二人だけにしてください」

ホセは客間に下がった。そしてそこでこっそりと聞き耳を立てていたスパネッラ女史に向かって、怒りを爆発させた。「私にさわらないで。警察を呼びますよ!」とわめきたてる彼女を、ホセは部屋の外へと追い立てた。ポルトガル語の呪詛《じゅそ》の言葉を口にしながら。

彼はついでに僕を放り出そうとした。あるいは、そうしようかという表情が彼の顔をよぎった。でも思い直して、何か飲みませんかと僕に尋ねた。割れていないただひとつの酒瓶にはドライ・ベルモットが入っていた。「心配があります」と彼は打ち明けるように言った。「これが醜聞になるのではあるまいかと、案じます。彼女はあらゆるものを壊しました。まるで気が狂ったかのようでした。醜聞があらわになると、私はたいへんに困ります。とても微妙なのです。体面もあります。仕事のこともあります」

「醜聞」にはならないだろう、自分の所有物を破壊することはあくまで個人的な行為だからと僕が言うと、彼はほっとしたみたいだった。

「これはただひとえに、悲しみによってもたらされたことです」と彼は断言した。「悲しみがやってきて、彼女はまず最初に手にしていたグラスを投げました。それから酒瓶。本。ライト・スタンド。それで私は恐ろしくなってきました。急いで医者を連れてきました」

「でも、どうして?」と僕は尋ねた。「ラスティーのことでどうしてそこまで動揺しなくちゃならないのですか? 僕が彼女なら、祝杯をあげるところだけれど」

「ラスティー?」

僕はまだ新聞を手にしていた。ホセにその見出しを見せた。

「ああ、そのことですか」と彼は小馬鹿《こばか》にするように微笑《ほほえ》んだ。「それは私たちにとってむしろ好都合だったんですよ。ラスティーとマグのことはね。私たちは大笑いしましたよ。二人は私たちががっくりしているだろうと思っているでしょうが、こちらとしては、二人が結婚してくれることをずっと求めていたのですよ。実を申せば、私たちが大笑いしているところに、その悲しみが届いたのです」。彼の目は散乱した床の上をさまよった。それから丸められた黄色い紙を拾い上げた。「これです」と彼は言った。

それはテキサス州チューリップから届いた電報だった。「ふれっどハカイガイノセンチデシボウ　カゾクハヒタンニクレテイル　イサイハフミニテ　ドク」

ホリーはただ一度の例外を別にして、二度と兄の話をしなかった。僕をフレッドと呼ぶこともやめてしまった。六月、七月という温かい月を、彼女はひっそりと閉じこもるように暮らした。春が来て去っていったことを知らずにいる冬眠動物のように。彼女の髪は黒みを帯び、体重も増えたようだった。着るものにも気を配らなくなった。レインコートの下には何も身につけないというかっこうで、近所のデリカテッセンまで足早に向かうところが見られたものだ。ホセが彼女の部屋に越してきて、郵便箱につけられていたマグ・ワイルドウッドの名札が彼の名札に取り替えられた。それでもホリーは一人でいることが多かった。というのは、ホセは週に三日をワシントンで過ごしたからだ。彼がいないあいだ、彼女が客を迎えることはなかったし、アパートメントを離れることも希《まれ》だった。木曜日だけは別で、その日には彼女はオッシニングまで週に一度の遠出をした。

しかし彼女が人生に対する関心を失ったわけではない。むしろ逆に、彼女はこれまでに見たことがないほど満ち足りて、隅々まで幸福そうに見えた。ホリーらしくないことだが、家庭生活に対する強い関心が急激に高まり、その結果ホリーらしくない買い物がいくつかおこなわれた。パーク＝バーネットのオークションで、彼女は「追いつめられた牡鹿《おじか》」模様のタペストリーを手に入れた。ウィリアム・ランドルフ・ハーストの所有になるゴシック風の「イージー」チェアを二つ揃《そろ》いで買い求めたが、それは実に気持ちが暗くなるような代物《しろもの》だった。モダン・ライブラリを全巻揃え、クラシック音楽のレコードをどっさり棚に並べ、メトロポリタン美術館の複製美術を数え切れないくらい買い込んだ。その中には中国の猫の置物もあったが、本物の猫はそれを嫌って、見るたびにふうっとうなり声をあげ、最後にはとうとう壊してしまった。ウエアリング社製のミキサーと、圧力調理鍋《ちょうりなべ》と、料理の本を一抱え買った。彼女は午後中かけてその狭苦しい台所で、汗をかき、いろんなものをはねかえしながら、主婦業に励んだ。「私の作る料理は『コロニー』で食べるよりおいしいってホセはほめてくれるの。私にそんな優れた才能が備わっていたなんて、いったい誰に想像できたかしら？　ついひと月前まで私はスクランブル・エッグだって作れなかったのよ」。というか、じつを言えば今だって作れなかった。ステーキとか、当たり前のサラダといったシンプルな料理は、彼女の手には負えなかった。そのかわりに彼女がホセに供したのは（そしてときどき僕にも食べさせてくれたのは）、まことに風変わりとしか言いようのないスープであり（ブランディーで味つけしたホオジロクロガメをアボカドの殻に注いだもの）、ネロ風の奇をてらった料理であり（ローストした雉《きじ》にザクロと柿《かき》が詰められている）、その他いささか首をひねりたくなる新趣向の食べ物（チキンとサフランライスにチョコレートソースをかけたもの。「東インド諸島の伝統料理なのよ、マイ・ディア」）だった。菓子については、戦争中の砂糖とクリームの配給のせいで、彼女の想像力は制限を受けることになった。それでも彼女は一度タバコ・タピオカなるものをこしらえ上げた。できばえについては言わぬが花だろう。

ポルトガル語をマスターしようという彼女の努力についても、僕は語るべき言葉を持たない。その試練は彼女にとってと同じくらい、僕にとっても実にうんざりさせられるものだった。というのは、いつ彼女の部屋に行っても、リンガフォンの語学レッスン・レコードがプレーヤーの上で回り続けていたからだ。そして彼女は何かというと「私が結婚したあと」とか「リオに移ったあと」とかいった言葉を、枕詞《まくらことば》みたいに口にするようになった。しかしホセはまだ結婚の話を持ち出してはいなかったし、それは彼女の認めるところでもあった。「でもなんといっても彼は、私が妊娠していることを知っているの。実はそういうことなのよ、ダーリン。もう六週間もないんだもの。どうしてそんなに驚くわけ？　私なんかちっとも驚かなかったわよ。少し《アン・ブゥ》も驚かなかった。嬉《うれ》しかったわ。少なくとも九人は子供がほしいな。そのうちの何人かは肌の色が黒いと思うんだ。ホセには少し黒人《ル・ネグル》が混じっていることにはあなただって気がついていたでしょう？　私はちっともかまわないわ。黒んぼの子がきらきらしたきれいな緑の目をしていたら、そりゃ最高にかわいいもの。

　ねえ、笑わないでほしいんだけど、私ね、心底こう思っているんだ。彼のために、ホセのために、私がまっさらな処女だったらよかったのになって。とはいっても、私はそんなにたくさんの相手をしてきたわけじゃないのよ。一部の根性の悪いやつらが言いたててるみたいにはね。まあそう言われても仕方ないってところはたしかにあるわよ。いろいろと派手なことを言いふらしてきたから。でもね、実際のところは、このあいだの晩に勘定してみたんだけど、恋人にした男は全部で十一人しかいなかったわ。十三歳より前のことは別よ。だってそんなのは数に入れられないじゃない。だから十一人。なのにどうして、商売女みたいな言い方をされなくちゃならないわけ？　マグ・ワイルドウッドを見てごらんなさいよ。あるいはハニー・タッカーとか、ローズ・エレン・ウォードとかを。あの人たち、一回やるたびにぽんと手を打っていたら、今頃はすさまじい大拍手になっていたはずよ。もちろん私は体を売りものにしてるからいけないとか言ってるんじゃない。ただね、そういう女たちはあるいは正直な言葉を口にするかもしれないけれど、心根はちっとも正直じゃないんだ。私が言いたいのはね、男たちとセックスをして、金を搾《しぼ》り取っておいて、それでいて相手のことを好きにもならないなんて、少なくとも好きだと思おうともしないなんて、道にはずれた話だってことよ。私にはそういうのはできっこないわ。ベニー・シャクレットを筆頭とする、ろくでもないネズミ野郎に対してだってよ。あいつらの胸クソ悪い下品さにもそれなりの魅力があると考えるためには、ほとんど自分に催眠術をかけなくちゃならなかったよ。まったくのところ、ドクを別にすれば（あなたがドクを数に入れたければの話だけど）、ホセは私が生まれて初めて巡り会った、まっとうなロマンスの相手なのよ。

いや、もちろんホセが私にとっての究極の伴侶《はんりょ》ってわけじゃないわ。みみっちい嘘《うそ》をつくし、世間の目をいちいち気に病むし、一日に五十回もお風呂《ふろ》に入るの。男はちょっとくらい臭《にお》いがするものだって、私なんかは思うんだけどね。あまりに几帳面《きちょうめん》すぎるし、用心深すぎて私の理想の男というのとはちょっと違うんだけど。服を着替えるときはいつも背中を向けるし、大きな音を立ててものを食べるし、彼が走っているところを私は目にしたくないと思う。というのは、走っているときのあの人って、なんだか滑稽《こっけい》だから。もし今生きている人間の中から誰でも自由に選べて、ぱちんと指を鳴らして、ちょっとあなた、こっちに来てちょうだいって言えるとしたら、私はたぶんホセを選ばないでしょうね。ネールなんて、けっこういい線いくかな。ウェンデル・ウィルキー（訳注　アメリカの政治家。一九四〇年の大統領選に共和党候補として出馬。フランクリン・ローズベルトに敗れた）も悪くないわね。ガルボならいつだってオーケーよ。それが何か変かしら？　結婚ってどこまでも自由なものであるべきよ。相手が男だろうが女だろうが、あるいは——たとえばもしあなたが実は競走馬と結婚したいんだと言いだしても、それが変だなんて私はちっとも思わないな。これ、ほんとに真剣に言っているんだから。

　愛というのはね、広く許されるべきものなのよ。私はぜったいにそう思うな。愛というのがどういうものか、今の私にはずいぶんしっかり見えるわけ。というのは、私はほんとにホセを愛しているからよ。もし彼に煙草《たばこ》をやめてくれと言われたら、やめちゃうと思う。彼は私のことを思ってくれていて、私が例のアカに取りつかれていても、冗談を言ってそこから引っ張り上げてくれるの。といっても、最近はほとんどそういうことってないんだけどね。ときどきあっても、前みたいにいやったらしくないから、精神安定剤を飲んだり、ティファニーまで足を運んだりする必要もないくらい。彼のスーツを洗濯屋に出すか、キノコの料理を作るかすれば気が晴れて、それでもうオーケーなわけ。もうひとつ、私は星占いと縁切りしちゃった。あのろくでもないプラネタリウムの星の数と同じくらいのドルを、私はこれまでに星占いに注ぎ込んできたと思う。退屈な結論だけど、要するに『あなたが善きことをしているときにだけ、あなたに善きことが起こる』ってことなのよ。いや善きことというより、むしろ正直なことって言うべきかな。規律をしっかり守りましょう、みたいな正直さのことじゃないのよ。もしそれでとりあえず楽しい気持ちになれると思えば、私は墓だって暴《あば》くし、死者の目から二十五セント玉をむしったりもするわよ。そうじゃなくて、私の言ってるのは、自らの則《のり》に従うみたいな正直さなわけ。卑怯者《ひきょうもの》や、猫っかぶりや、精神的なペテン師や、商売女じゃなきゃ、それこそなんだってかまわないの。不正直な心を持つくらいなら、癌《がん》を抱え込んだ方がまだましよ。だから信心深いかとか、そういうことじゃないんだ。もっと実際的なもの。癌はあなたを殺すかもしれないけど、もう一方のやつはあなたを間違いなく殺すのよ。でもまあこんな話はもうよしましょう。ギターをとってちょうだい。とびっきり完璧なポルトガル語でファドを歌ってあげるから」

夏がようやく終わり、秋がまためぐってこようとするその最後の何週間かのことは、ずいぶんおぼろげにしか思い出せない。人と人との気持ちが深いところで穏やかに通じ合うと、しばしば言葉でよりは沈黙を通して、多くを理解し合えるようになるものだが、ホリーと僕もそのような段階に達していたのだろう。心温かな静けさが、緊張や、落ち着きのない会話や、もっと（表面的な意味で）華やかな、もっと劇的な友情の瞬間を作り出そうという気ぜわしさに取って代わった。彼がいないときにはしばしば（僕はその男に対する敵意を募らせ、名前もほとんど口にしないようになっていた）、長い夜の時間をともに過ごしたが、そのあいだ単語を百も口にしなかったはずだ。あるときはチャイナタウンまで延々と歩いた。そこでチャオメンの夕食をとり、紙の提灯《ちょうちん》をいくつか買い、線香を万引きし、ぶらぶらとブルックリン・ブリッジを渡った。光り輝く高層ビルの谷間を海に向かって進んでいく汽船を、橋の上から眺めた。彼女は言った。「何年かあとに、何年も何年もあとに、あの船のどれかが私をここに連れ戻してくれるはずよ。私と、九人のブラジル人の子供たちをね。どうしてかといえば、そう、子供たちはこれを目にしなくてはならないからよ。この光と、この川を。私はニューヨークが大好きなの。私の街とは言えないし、そんなことはとても無理だと思うけど、それでも樹木や通りや家や、少くともそんな何かしらは私の一部になっているはずよ。だって、私自身もそういうものの一部になっているんだもの」。そこで僕は「頼むから黙ってくれないか」と言った。自分が仲間外れにされたような、腹立たしい気持ちになったからだ。彼女が、豪華な汽船として楽しげに汽笛を鳴らし、紙吹雪に送られて華やかに波止場を出港し、しっかりとした目的地に向かおうとしている一方で、僕はタグボートのように乾ドックの中にとり残されているのだ。

そのようにして日々が、最後の日々が、記憶の中のあちこちを舞っている。まるで風に吹かれる木の葉のように、どれも同じ秋の色を帯び、ぼんやりと霞《かすみ》がかかった日々だ。そしてとうとう、あのとんでもない一日が巡ってきたのだ。

ことが起こったのは九月三十日、たまたま僕の誕生日だった。この出来事と僕の誕生日とのあいだに関連性はない。ただ僕は、家族が祝いの金でも送ってくれないものかと、郵便が来るのを心待ちにしていた。実のところ、僕は下に降りて朝の郵便配達を待ち受けていたのだ。そんな風に玄関をうろうろしていなかったなら、ホリーに乗馬に誘われることもなかっただろうし、となれば彼女が僕の命を救う機会を持つこともなかったはずだ。

僕が郵便配達を待っているのを目にして、「一緒にいらっしゃいよ」と彼女は声をかけた。「公園に行って、二人で馬に乗って、のんびり一周しましょう」。彼女はウィンドブレーカーにブルージーンズにテニスシューズというかっこうだった。そしてお腹《なか》をぽんぽんと叩《たた》き、平らであることを強調した。「お世継ぎを失おうというつもりはないのよ。でも私にとってお馬はとても大事なの。あのかわいいメイベル・ミネルバ。そう、メイベル・ミネルバに別れを告げないで、ここをあとにするわけにはいかないじゃない」

「別れを告げる？」

「次の次の土曜日にね。ホセが航空券を買ったのよ」。僕はショックで頭が真っ白になったまま、彼女に導かれるままに通りに出た。「マイアミで飛行機を乗り継いで、それから海を越えるの。アンデスを越えるの。タクシー！」

アンデスを越える。タクシーに乗ってセントラル・パークを抜けるあいだ、なんだか僕まで飛行機に乗っているような気持ちがした。雪をかぶった、危険に満ちた領域の上空を、わびしく漂っているのだ。

「そいつは無茶だ。とんでもないことだよ。どう考えたって。ねえ、そんな風に何もかもほったらかしにして、あっさりどっかに行っちゃうなんて」

「私がいなくなって淋《さび》しがってくれる人なんて、どこにもいやしない。一人の友だちもいないんだもの」

「僕がいるじゃないか。君がいないと僕はすごく淋しくなる。ジョー・ベルだって同じだよ。それに——たくさんそういう人はいるさ。たとえばサリー。気の毒なミスタ・トマト」

「サリーおじさんのことは私も好きよ」と彼女は言ってため息をついた。「ねえ知ってる？　私はもう一ヶ月も彼に会いに行ってないの。私がよそに行くことになったって言ったら、彼は心から喜んでくれた。そればかりか」と言って彼女は眉《まゆ》をひそめた。「私が国を出て行くことで、なんだかほっとしてたみたい。それがいちばんいいかもしれないと彼は言った。遅かれはやかれ、面倒が持ち上がるだろうって。私が彼の本当の姪《めい》じゃないってことがばれたらね。あの太っちょの弁護士のオショーネシーが、五百ドルを送ってきた。何かのときのためにって。サリーからの結婚祝いね」

僕はちょっと意地悪いことを言ってみたい気分になった。「僕からのお祝いも期待してくれていいよ。もしほんとに結婚することになれば、そのときにね」

彼女は笑った。「彼は間違いなく私と結婚する。教会でね。そしてあちらの家族もそこに勢揃《せいぞろ》いするの。だから私たちはリオに到着するまで、式を挙げるのを待っているわけ」

「君が既に結婚していることを彼は承知しているのかい？」

「いったいなんのつもりなの？　嫌みなことを言いだして、私の気分を悪くしたいってわけ？　こんなに気持ちのいい日を、わざわざ台無しにすることないでしょうが」

「でももしそのへんの事実が明らかになったら——」

「明らかになんかなりっこないわよ。前にも言ったでしょうが。あの結婚は法律の上からも正しくないものなの。そんなの、法律にかなっているわけがないじゃない」、彼女は鼻をこすり、流し目でちらりと僕を見た。「ねえあなた、もし誰かにそんなことをひと言でも漏らしてごらんなさい。足の指を縛って天井から吊《つる》して、きれいに捌《さば》いて豚の餌《えさ》にしてやるからね」

厩舎《きゅうしゃ》はウェストサイドの六十六丁目にあった。これは今ではテレビのスタジオに変わっていると思う。彼女は僕のために白と黒の、脊柱《せきちゅう》が湾曲した年老いた牝馬《ひんば》を選んでくれた。「この馬なら大丈夫よ。ゆりかごよりも安全だから」。僕はそれを聞いて胸を撫《な》でおろした。子供のころにカーニヴァルで十セント払って子馬に乗ったのが、僕の乗馬体験のすべてなのだから。ホリーは僕が鞍《くら》にまたがるのを手伝ってくれた。それから自分の馬に乗った。その銀色の毛並みの馬が先に立ち、我々は車で溢《あふ》れるセントラル・パーク・ウェストの通りをゆっくりと渡り、落ち葉でまだらになった乗馬道路に入った。落ち葉はいたるところで風に舞っていた。

「ほらね」と彼女は叫んだ。「素敵な気分でしょう！」

たしかに見るみるうちに、素敵な気分になった。いろんな色が混じりあったホリーの髪が、赤みを帯びた黄色の木の葉の反映に照らされるのを見ていると、彼女が急に愛《いと》おしくなって、自分を憐《あわ》れむ気持ちなんかどこかに消えてしまった。そして彼女にとって幸せと思えることがこれから起ころうとしているのだと思うと、満ち足りた気持ちになった。馬たちはとても穏やかなだく足《トロット》に移った。風が波のように打ち寄せ、二人の顔にしぶきをあてた。日だまりと影のあいだを、僕らは出たり入ったりした。そして喜びが、生きていて良かったなあという気持ちの高まりが、興奮剤みたいに僕の身体《からだ》を強く駆け抜けた。でもそれも一瞬のことだ。そのあとにやってきたのは、不吉な仮面をかぶった笑劇だった。

ジャングルで待ち伏せをしていた原住民よろしく、一群の黒人の子供たちが、道路沿いの茂みの中から出し抜けに飛び出してきた。そしてほうほうと声をあげ、罵《ののし》り、石を投げ、小枝で馬の尻《しり》をつついた。

僕が乗っていた白と黒の牝馬は後ろ足で棒立ちになり、ひひんと鳴き、綱渡りの芸人のようによろよろと歩いた。それから矢のごとく道を駆け出した。両足はあぶみからはずれ、僕はやっとのことで馬にしがみついていた。馬の蹄《ひづめ》は路面の砂利に火花を散らせた。空が傾いて見えた。樹木や、子供たちがヨットを浮かべた池や、彫像なんかが、飛ぶように過ぎていった。僕と馬がすごい勢いで突進してくるのを見て、子守の女たちはあわてて走り寄り子供たちを救出した。男たちや、浮浪者や、いろんな人々が口々に叫んだ。「手綱を引け!」とか「どう、どう」とか「飛び降りろ!」とか。そういう声のことを思い出したのはずっとあとになってからだ。そのときの僕の頭にはただホリーのことしかなかった。彼女は僕のあとをずっと追いかけてきて、その蹄の音が西部劇のように耳に届いた。追いつくことこそできなかったけれど、何度も何度も励ましの声をかけてくれた。馬はそのまま前に突進し、公園を横切り、五番街に出た。馬が真昼の車通りの中に飛び出すと、タクシーやバスがきいいっと音を立てて、慌《あわ》ててハンドルを切った。デューク・マンションを過ぎ、フリック美術館を過ぎ、ピエールとプラザを過ぎた。しかしホリーは少しずつ距離を詰めていった。更に騎馬警官が追跡に加わった。二人は両方から僕の乗った暴走する牝馬を挟み込むようにして、力尽くで停止させた。そこでほっとしたのか、僕はしがみついていた馬の背中からずり落ちてしまった。地面にどすんと尻餅《しりもち》をつき、それからなんとか起きあがり、ぼんやりとつっ立っていた。自分が今どこにいるのかもよくわからない。野次馬が集まってきた。警官はかんかんに怒りながら、手帳に書き込みをした。でもそのうちにとても同情的になり、にやにや笑いながら、馬はこちらで厩舎に戻しておいてあげようと言ってくれた。

ホリーがタクシーを停めて、僕らは乗り込んだ。「ダーリン、ねえ、あなた大丈夫？」

「大丈夫だよ」

「だってあなた、脈がぜ、ん、ぜ、ん、ないじゃない」と彼女は僕の腕の脈をとりながら言った。

「じゃあ死んでいるのかな」

「馬鹿《ばか》ね。真面目《まじめ》な話よ。私を見なさい」

問題は彼女の顔が見えないことだった。というか、ホリーが幾重にも見えるのだ。汗をかいて、心配のあまり真っ青になっている彼女の顔が三つ見えた。それで僕はすっかり感激し、同時に恐縮してしまった。「正直言って、何も感じないんだ。ただ穴があったら入りたい気分だ」

「お願いだから、ちゃんと正直に言ってよね。ほんとに大丈夫？　死んでもおかしくないところだったのよ」

「でも死んじゃいないさ。僕の命を助けてくれてほんとにありがとう。君は素晴らしい女性だ。二人とはいない人だ。君のことが好きだ」

「馬鹿な人」、ホリーは僕の頬にキスをした。すると彼女の顔が四つになり、僕はそのまま気を失ってしまった。

その夕方、ジャーナル・アメリカン紙の遅版の第一面を、ホリーの顔が飾った。デイリー・ニュース紙とデイリー・ミラー紙の早版もそれに続いた。暴走した馬のことが話題になったわけではない。まったく別の事件に関係したものだった。見出しを見れば一目瞭然《りょうぜん》だ。「麻薬スキャンダルでプレイガールが逮捕」（ジャーナル・アメリカン）、「麻薬密輸の女優が逮捕」（デイリー・ニュース）、「暴かれた麻薬組織、噂《うわさ》の美女が拘束」（デイリー・ミラー）。

それらの中では、デイリー・ニュースがいちばん人目を引く写真を掲載していた。ホリーは筋骨たくましい二人の警官に挟み込まれるようにして、警察署に入っていくところだった。一人は男の刑事で、もう一人は婦人刑事だった。このようなきなくさい設定の中では、彼女の身なりさえもが（ホリーはまだ乗馬用の格好をしていた。つまりウィンドブレーカーにブルージーンズだ）ギャングの情婦のごときいかがわしい雰囲気を漂わせていた。サングラスや、乱れ髪や、不機嫌そうな口の端からだらんと垂れ下がったピカユーン煙草《たばこ》も、そんな印象を払拭《ふっしょく》する役目を果たしてはいなかった。

キャプションにはこうあった。

「地方検事局は、美しい新進の女優にしてニューヨーク社交界で名前を知られるホリー・ゴライトリー（20歳）を、国際麻薬密輸組織の重要人物とし、黒幕サルヴァトーレ・『サリー』・トマトとの繋《つな》がりを追及している。パトリック・コナーとシーラ・フェツォネッティの両刑事（写真左と右）が彼女を67分署に連行するところ」。詳細は三ページに。

記事はオリヴァー・「ファーザ」・オショーネシーと名ざされた人物（彼はソフト帽で顔を隠している）の写真を掲げ、三段にわたっていた。余分なところを省いて短縮するとだいたい次のような内容になる。

「ニューヨークの高級ナイトクラブの常連客は今日、かの美しきホリー・ゴライトリーが逮捕されたことを知り、大きな衝撃を受けているはずだ。この二十歳の女性は、ハリウッドの女優の卵であり、ニューヨークの夜の社交界ではつとに名前を知られている。また警察は午後二時、オリヴァー・オショーネシー（52歳、住まいは西四十九丁目のホテル・シーボード）がマディソン・アヴェニューの『ハンバーグ・ヘヴン』から出てきたところを逮捕した。地方検事フランク・L・ドノヴァンは両名を、悪名高いマフィアの総統《フユーラー》サルヴァトーレ・『サリー』・トマトに操られる国際麻薬密売組織の中で重要な位置を占める人物として追及している。トマトは現在、政治家の買収に関連してシンシン刑務所で五年の刑に服している……聖職衣を剝奪《はくだつ》されたオショーネシーは犯罪社会にあっては『ファーザ』あるいは『パードレ』として知られ、ロード・アイランドにおいて『ザ・モナスタリー』という名前の偽《にせ》の精神病者収容施設を経営していた容疑で一九三四年に逮捕され、二年の刑に服したのを始めとする犯罪歴を持つ。ミス・ゴライトリーには逮捕歴はない。彼女はイーストサイドの一等地にある、高級アパートメントの自室で逮捕された……地方検事局はまだ公式声明を出していないが、信頼できる筋によれば、つい最近まで億万長者のラザフォード・トローラーと親しく交際していたこの金髪の美しい女優は、服役中のトマトと参謀のオショーネシーとの『連絡係』をつとめていたということだ……ミス・ゴライトリーはトマトの姪をかたってシンシン刑務所を訪れることで報酬を受け取り、そのたびにトマトは彼女に暗号化されたメッセージを口頭で伝え、メッセージはただちにオショーネシーに伝達された。この連絡ルートによって、トマト（一八七四年シシリー島チェファル生まれと推測される）はメキシコやキューバやシシリーやタンジールやテヘランやダカールといった世界各所に散らばった麻薬シンジケートに指令を発することができた。しかし地方検事局は詳細を発表していないばかりでなく、嫌疑を公式に認めてもいない……二人が拘束されたとの情報を得た多くの記者たちが、彼らが東67分署に連行されてくるのを待ち受けていると、たくましい赤毛のオショーネシーはコメントを拒み、一人のカメラマンの股間《こかん》を蹴《け》り上げた。しかしほっそりとして見目麗《みめうるわ》しいミス・ゴライトリーは、スラックスに革ジャケットという男まさりの格好ではあったものの、当該事件にさして関心はないという態度をとっていた。『どういうことなのか、私に尋ねないでね』と彼女は言った。『パスク・ジュ・ヌ・セ・パ、メ・シェール（だって私にもよくわかりませんのよ、みなさん）。ええ、たしかにサリー・トマトに面会に行きましたよ。毎週会いに行っていたわ。それのどこがいけないの？　彼は神様を信じているし、私も神様を信じているし』……」

それから、〈自らの麻薬依存を認める〉という小見出しがあった。

「記者たちに、あなたは麻薬を使用していますかと質問されると、ミス・ゴライトリーは微笑《ほほえ》みを浮かべ答えた。『マリファナなら少しやったことあるわ。ブランディーよりずっと害がないのよ。それに安いし。不幸なことに私はブランディーの方が好きだけど。いいえ、トマトさんは私には麻薬のことはひと言も口にしませんでした。根性のねじれた人たちが彼をしつこく責め立てていることに、私は憤慨しています。彼は繊細で信仰深い人です。あんな優しいおじいさんなのに』」

この記事にはひとつ、とりわけ大きな間違いがあった。彼女は「高級アパートメントの自室」で逮捕されたわけではなかった。実は僕の部屋のバスルームで逮捕されたのだ。エプソム塩を入れたやけどしそうなほど熱い湯を張った風呂《ふろ》につかって、僕は乗馬で痛めた身体を癒《いや》していた。ホリーは熱心な看護婦よろしく、バスタブのへりに腰掛け、僕の身体に打ち身用の薬を塗ろうと待ちかまえていた。それが終わったら、すぐにベッドに押し込むつもりでいた。入り口のドアがノックされた。ドアには鍵《かぎ》がかけられていなかったから、「入って」とホリーは言った。入ってきたのはマダム・サフィア・スパネッラだった。彼女の後ろには二人の私服警官がいた。一人は女性で、太いお下げ髪をロープのように頭のまわりにぐるぐる巻いていた。

「ほら、ここにいますよ。お尋ね者の女が！」とマダム・スパネッラが声高に叫んだ。まずはホリーに向けてまっすぐに指を突き出し、それからその指を僕の裸体に向けた。「ごらんなさい。なんてふしだらな女でしょう」。このマダム・スパネッラの言動と、場のあり様を目の前にして、男の刑事は顔を赤らめた。しかし同僚の女性刑事は粗野な喜びに顔をひきつらせていた。彼女はホリーの肩にとんと手を載せ、どきっとするくらい赤ちゃんっぽい声で言った。「さあ、おねえさん、いらっしゃい。いいところに行きましょうね」。それに対してホリーは冷ややかな声で答えた。「その鈍《どん》くさい手を離しなさい。気味の悪い口の利《き》き方もよしてよ。ぶすのレズ女の相手はしてられないんだからね」。それを聞いて相手は頭に血が上った。そしてホリーを平手で思い切りひっぱたいた。その力はあまりにも強くて、ホリーの頭がぎゅっとねじれたほどだった。そして塗布剤の瓶が彼女の手から飛んで、床に落ちて木《こ》っ端《ぱ》みじんに割れた。僕は乱闘に加わるべく、まさに浴槽から足を踏み出したところだったから、それをしっかり踏みつけて、あやうく両足の親指を切断してしまいそうになった。僕は裸で、血だらけの足跡を残しながら廊下まで出て、成り行きを見届けようとした。「お願い」とホリーは刑事たちに押されるように階段を運ばれながら、なんとか僕に向かって言った、「猫にご飯をあげてね」

すべてはマダム・スパネッラの仕業だと僕はてっきり思いこんでいた。彼女はこれまでに何度も警察に苦情を持ち込んでいたから。その日の夕方にジョー・ベルが新聞を振り回しながら姿を見せるまで、それが深刻な話だとは思ってもみなかった。彼はおそろしく興奮していて、何の話をしているのかさっぱり理解できなかった。僕がその記事に目を通しているあいだ、両手のこぶしを叩《たた》き合わせながら、部屋の中をぐるぐる歩きまわっていた。

そして言った。「あんたはその記事はほんとだと思うか？　彼女は実際そんなうさん臭いことに巻き込まれていたんだと？」

「ああ、ほんとのことだよ」

彼は胃薬を口の中に放り込み、僕をじっと睨《にら》みつけ、まるで僕の骨をばりばり砕くみたいに、それを嚙《か》んだ。「おい、何てやつだ。それでも友だちか？　なんでどうにかしてやらなかったんだ！」

「ちょっと待って。何も彼女が事情を承知してそれに関わったと言っているんじゃない。彼女は何も知らなかったんだ。しかし関わったことに間違いはない。伝言を言付かって、それを――」

彼は言った、「あんた、ずいぶん落ち着き払ってるじゃないか。いいか、それで十年は食らいかねないんだぞ。あるいはもっと長く」、彼は僕が手にしていた新聞をぱっと取り上げた。「あんた、あの子の友だちを何人か知っているだろう。金持ちの連中だよ。さあ、店まで来てくれ。一緒に電話をかけてまわろう。あの子には腕のいい弁護士が必要になってくるし、俺にはそこまでの持ち合わせはないからな」

身体《からだ》の節々が痛く、手足がうまく動かなくて、ジョー・ベルに着替えを手伝ってもらわなくてはならなかった。バーに着くと、彼は僕を店の電話ボックスに押し込んだ。そしてトリプルにしたマティーニと、小銭をたっぷり入れたブランディー・グラスを僕に押しつけた。しかしいったい誰に連絡をとればいいものやら、見当もつかなかった。ホセはワシントンにいたし、その滞在先に心あたりはまったくない。ラスティー・トローラーは？　あんなろくでもないやつは論外だ！　とはいえ彼女の友だちといって、ほかに誰がいる？　私には友だちと呼べる人なんか一人もいない、と彼女が言ったとき、それは真実だったのかもしれない。

ベヴァリーヒルズのクレストヴュー5—6958を申し込んだ。番号案内で調べてもらったO・J・バーマンの電話番号だ。電話に出た人物は、ミスタ・バーマンはマッサージの最中なので電話に出られないと言った。悪いけどまたあとでかけ直してほしい。ジョー・ベルは激怒した。なんで生死に関わる問題だと言わなかったんだ、と僕を責めた。そしてラスティーに電話をしてみろと言い張った。まず最初にミスタ・トローラーの執事が出てきた。トローラーご夫妻は今夕食をとっておられるところでありまして、伝言を承れればと存じます、と彼は言った。ジョー・ベルは電話に向かって怒鳴った。「緊急の用件なんだよ、あんた。生死に関わる問題なんだ」。その結果、僕はミセス・トローラー、かつてのマグ・ワイルドウッドを相手に話をすることになった。というか実際にはあちらの言いぶんをただ傾聴していただけなのだが。「あんたイカレてんじゃないの？」と彼女は言った。「夫と私は、私たちの名前と、あのは、はねっかえりのふ、ふ、ふしだらな女を結びつけようとするどのような試みに対しても、断固たる法的措置をとりますからね。あの女がま、ま、麻薬漬けの、さかりのついた雌犬並みの道徳心しか持ち合わせてないいかれ女だってことは、私には前からわかっていたのよ。監獄に入ってるのがお似合いだわ。うちの夫も私の意見に千パーセント同意しています。とにかく何かがあったら、私たちは必ずや法的措置を――」、そこで僕は電話を切り、テキサス州チューリップのドクのことを思い出した。いや、そいつはだめだ。ホリーはきっとそんなことを望まないだろう。もしドクに電話をかけたりしたら、僕は間違いなく彼女に殺されてしまう。

もう一度カリフォルニアを呼び出してみた。回線は話し中だった。何度かけなおしても話し中だった。そしてO・J・バーマンが電話口に出てくる頃には、マティーニのグラスをもう何杯も空にしていたものだから、いったいどんな用事でそもそも電話をしたのか、向こうに教えてもらわなくてはならないような有様だった。「あの子のことだろう？　それならもう知ってるよ。イギー・ファイテルスタインに話は通しておいた。イギーはニューヨークじゃいちばん腕の良い弁護士だ。イギーにはこう言った。うまくことを収めてくれ。請求書はこちらに送れ。ただしおれの名前は表に出さないようになってな。ああ、おれはあの子に借りのようなものがあるんだ。でも具体的に何か借りがあるってわけじゃないんだぜ。あの子は頭が飛んじまっているし、まやかしだ。でもな、本物のまやかしなんだよ。とにかく保釈金はたった一万ドルで済んだ。心配いらん。イギーは今夜にもあの子を請け出してくれる。もう今頃部屋に戻っていたとしても、おれは驚かんね」

でもホリーは帰ってこなかった。翌朝、僕が猫に餌《えさ》をやりに行ったときにも、彼女の姿はなかった。アパートメントの鍵を預かっていなかったので、非常階段を使い、窓から部屋に入った。猫は寝室の中にいたが、いたのは猫だけではなかった。男が一人、スーツケースの上に屈《かが》み込んでいた。窓から部屋に足を踏み入れたときに、ちょうど目が合った。僕らは二人とも相手のことを空き巣狙《ねら》いだと思い、穏かではない視線を交わすことになった。彼は端正な顔に、つややかな髪で、ホセに似ていた。そして何よりも、彼がスーツケースに詰めているのは、ホセがホリーの家に置きっぱなしにしていた衣類だった。ホリーはそれらのスーツや靴のことでいつも大騒ぎし、修理屋や洗濯屋に持ち運んでいた。そこで僕は、あたりをつけて言った。「イバラ＝イェーガーさんのところから見えたんですね？」

「私がその従兄弟《いとこ》です」と男は用心深い微笑みを浮かべて言った。アクセントにはなかなかすさまじいものがあった。

「ホセはどこにいるのですか？」

彼はその質問を繰り返した。まるで他の言語に翻訳でもするみたいに。「おお、あれ（彼）がどこにいるかということですね？　あれは待ってます」、そう言うと、まるで僕の存在を忘れたみたいにかいがいしく作業を再開した。

なるほど、外交官氏は逃げにかかっているのだ。それを知ってもとくに驚きはなかった。残念だともぜんぜん思わなかった。しかしそれにしても、開いた口がふさがらない逃げ足の早さではないか。「鞭《むち》を一発くれてやりたいところだね」と僕は言った。

従兄弟はくすくす笑った。僕の気持ちが伝わったのだと思う。彼はスーツケースの蓋《ふた》を閉めて、手紙を取り出した。「私の従兄弟、あれはこれをお友だちに残すことを、私に頼みました。お願いされていただけますか？」

封筒にはこう書かれていた。「ミス・H・ゴライトリー様。謹言」

僕はホリーのベッドに腰を下ろし、ホリーの猫を胸に抱き寄せ、ホリーになりかわって切に胸を痛めた。

「お願いされましょう」と僕は言った。

僕はその手紙を引き受けた。そんなことには関わりたくなかったのだけれど。でも手紙をそのまま破り捨ててしまうような勇気はなかったし、「ひょっとして、ホセについて何か知らない？」とホリーからおずおずと尋ねられたときに、その手紙をポケットにしまいこんだまま、知らん顔していられる神経も持ち合わせなかった。そういう状況がまさにもたらされたのは二日後の朝だった。僕は病院の、彼女のベッドの枕《まくら》元《もと》に座っていた。病室にはヨードチンキとおまるの悪臭が漂っていた。逮捕されたその夜から、彼女はずっとこの病室に臥《ふ》せっていたのだ。ピカユーン煙草《たばこ》のカートンボックスと、初秋らしいスミレの花輪を手に、僕がしずしずと病室に入っていくと、「よく来てくれたわね、ダーリン」と彼女は迎えてくれた。「跡取りを亡《な》くしてしまったわ」。彼女はまだ十二歳にもなっていないように見えた。白っぽいヴァニラ色の髪は後ろにぴったり撫《な》でつけられ、さすがにサングラスはかけていなかった。その目は、雨水みたいに透明だった。彼女の容体がどれほど深刻なものだったか、見かけからはとても想像できなかった。

でも具合は実際なところひどく悪かったのだ。「ねえ、冗談抜きで命が危なかったのよ。あの太っちょの女に、もう少しでひっ捕まえられてしまうところだった。そいつはべらべらしゃべりまくっていたわ。その太っちょの女のことは、これまで話したくても話せなかった。というのは兄が死んだときまで、私だってその女のことは知らなかったのよ。知らせを聞いてすぐ、私はわけがわからなくなった。フレッドはどこに行ってしまったんだろう、フレッドが死んだっていうのはどういうことなんだろう、と。そのときに私はそいつを目にした。その女は私の部屋にいて、フレッドをあやすように腕に抱えていた。太った、いやったらしいアカの畜生女がロッキングチェアに座って、フレッドを膝《ひざ》に抱いて、椅子《いす》を揺すりながらブラスバンドみたいな高笑いをしていたのよ。私を小馬鹿《こばか》にするように。でもね、それが私たちみんなの行く手に待っているものなの。その浮かれ女は、私たちのことを嘲《あざけ》り笑う機会をどこかで待ち受けているのよ。どうして私があのとき、気が狂ったみたいに部屋の中のものを壊しまわっていたか、これでわかったでしょう？」

O・J・バーマンの雇った弁護士と僕のほかには、誰も彼女との面会を許されなかった。同室者はまるで三つ子のように見える三人組の女性だった。彼女たちは不親切というのではないが、それこそ目を皿のようにして僕を品定めし、イタリア語でこそこそと何ごとかを語り合っていた。「あの人たち、あなたがすべての元凶だと思ってるのよ。あなたが私をこんなひどい目にあわせたんだと」とホリーが説明をしてくれた。誤解をといてもらえないだろうかと僕が言うと、彼女は答えた。「それは無理よ。だってあの人たち英語がしゃべれないんだもの。それに、せっかくのお楽しみを損なうような野暮な真似《まね》はしたくないわ」。ホリーが僕にホセの消息を尋ねたのはそのときだった。

その手紙を目にしたとき、彼女は目を細め、唇をぎゅっと曲げ、小さな厳しい微笑《ほほえ》みを作った。そうするとたんにぐっと大人びて見えた。「ダーリン」と彼女は僕に言いつけた。「そこの抽斗《ひきだし》から化粧バッグを取ってくれない。女たるもの、口紅もつけずにその手の手紙を読むわけにはいかないもの」

彼女はコンパクトの鏡の助けを借りて、おしろいをはたき、あれこれと塗って、十二歳の少女の面影をすっかり消し去った。口紅のチューブで唇を整え、別のチューブで頬を染めた。ペンシルで目もとのラインを引き、まぶたをうっすらと青く染め、4711オーデコロンを襟元にふりかけた。両耳に真珠をつけ、サングラスをかけた。このようにしっかりと身を整え、マニキュアの惨《みじ》めな状態に眉《まゆ》をひそめてから、彼女は手紙の封を切った。その文面に目を走らせるにつれて、硬い微笑みはより小さく、よりこわばったものになっていった。やがて彼女はピカユーン煙草を一本求めた。一口吸って、「ひどい味だけど、最高だわ」と言った。そして手紙を僕に投げた。「それ、何かの役に立つかもしれないわよ。インチキな恋愛ものを書くようなときにはね。けちけちしないで、声に出して読んでちょうだい。自分の耳でしっかりと聞いてみたいわ」

それは「親愛なる君に」で始まっていた。

ホリーは早くも僕を遮った。筆跡についてどう思うかと彼女は尋ねた。とくに何も思わなかった。きちんとした、とても読みやすい、まずはまっとうな書体だった。

「そういうやつなのよ。こちこち頭の、気取り屋の便秘野郎」と彼女は断定した。「続けてちょうだい」

「親愛なる君に（訳注　ホセの英語はかなり奇妙な代物なので、訳文もいささか奇妙な日本語になる）。君がほかの人たちとはまるで違うとは知りつつも、私は君を愛していた。しかしよろしく理解をしてもらいたいのだ。私のような信仰と職業を持つ男が妻としたいと望む女性の像から、いかばかり君がほど遠いものであったかという事実を、このような粗暴な、公然たるかたちで見いだしたときの、私の絶望のほどを。君が現在置かれている汚辱について、私は心から強く悼《いた》む。そして君を取り巻いている糾弾に、更なる私の糾弾を加えようという心持ちは微《み》塵《じん》もない。だから君の方も、私のことを糾弾しない心持ちでいてくれればと希望する。私には守らなくてはならない家名もあるし、私の評判もある。そしてそのようなものごとが関連してくるとき、私は卑怯者《ひきようもの》になる。私のことは忘れてもらいたいのだ、美しい君。私は故郷に戻ってしまう。そして神様が常に君と、君の子供とともにいることを祈っている。それがまっとうな神様であることを祈っている——ホセ」

「それで？」

「ある意味では正直な手紙と言える。心に迫るものさえある」

「心に迫るですって？ とんでもない話だわ、そんなの！」

「でも少なくとも彼は自分が卑怯者であることを認めている。君だって彼の立場に立って見てみればわかると——」

いや、ホリーにはわかると認めるつもりはなかった。それでも彼女の顔は、化粧でしっかりガードされていたにもかかわらず、それを認めていた。「わかったわ。彼は根っからのずぶずぶのネズミ野郎じゃない。ラスティーやら、ベニー・シャクレットみたいな超特大のキングコング・サイズのネズミ野郎とは違う。でも、ああ、どうしたらいいんだろう」と彼女は言って、泣きじゃくる赤ん坊のように、こぶしを自分の口に突っ込んだ。「私は彼を愛していたのよ。あのネズミ野郎を」

イタリア女の三人組は恋人たちの深刻な危機を感じ取り、ホリーの苦悩のうめきの原因を、それとおぼしきところに求めた。彼女たちの舌は僕に向けて激しく侮蔑《ぶべつ》の音を立てた。でもまったく悪い気がしなかった。ホリーが僕に夢中になっていると、誰かに思われているなんて嬉《うれ》しい限りだ。もう一本煙草を勧めると、ホリーは落ち着きを見せた。煙をふうっと吸い込んでから言った、「まったくねえ、あなたのおかげよ。あなたの乗馬の腕が最悪だったから助かったわけ。もしあのときカラミティー・ジェーン並みの荒っぽい真似をしていなかったら、私は今頃どっかの『未婚の母ホーム』で給食をありがたくいただいていたはずよ。過酷な運動、こいつがものを言ったわけよ。でも私はね、あのレズ刑事にひっぱたかれたせいでこんなことになったんだと言い立てて、警察をびくつかせてやったの。そうなのよ。私はあいつらをいろんな罪状で告訴することができるわけ。不法逮捕の件をも含めてね」

そのときまで僕らは、彼女にとってより痛切でより深刻なその話題を回避するようにして話を進めてきたのだが、それについて口にされたかくのごとき脳天気な見解は、僕を呆然《ぼうぜん》とさせた。言うに事欠いて、それはないだろう。その発言は、自らの前に横たわる荒涼たる現実を認識する能力がホリーに欠如していることを明瞭《めいりょう》に示していた。「でもね、ホリー」と僕は言った。もっと大人っぽく、もっと保護者っぽくならなくてはと僕は思った。「でもね、ホリー。それは冗談にするようなことじゃないよ。僕らはもっときちんと計画を立てなくちゃ」

「なにさ、偉そうにしちゃって。あなたはそんな分別くさいことを言うような柄じゃないわ。若すぎるし、小物《こもの》すぎる。だいたい、あなたにどういう関係があるわけ？」

「何もないよ。ただ君は僕の友だちで、心配しているってだけさ。これからいったいどうするつもりなのか、教えてもらいたいね」

彼女は鼻をこすり、天井をじっと見上げて考えを巡らせた。「今日は水曜日だったよね？ だから土曜日までは眠ろうと思う。静かにこってりと眠るわけ。土曜日の朝に私はここを抜け出し、銀行に行く。アパートメントに寄って、ナイトガウンとかそういうのを少しばかり、マンボシェのドレスもとってくる。そのあとでアイドルワイルド空港に向かう。そこでは、あなたも知っての通り、けちのつけようもない飛行機の便が、けちのつけようもなく予約されている。あなたは私によくしてくれたから、見送りに来るのを許可してあげる。ねえ、おねがい、そんな風に首を横に振るのをよしてくれない？」

「ホリー、ホリー、そいつは駄目だよ」

「どうしてかしら《エ・プーコワ・パ》？ 言っておきますけど、私は何もホセのあとを追いかけようっていうんじゃないのよ。私にとって、ホセという人はもう完璧に存在していないの。私が言いたいのはね、どうして飛行機のチケットを無駄にしなくちゃならないの、ということ。支払い済みのぴかぴかのチケットを。それに私はまだブラジルに行ったことがないんだ」

「やれやれ、この病院はいったいどんな薬を君に飲ませているんだ？　君は現在、刑事告発されているんだぜ。それがわかっているのかい？　もし保釈の身で国外に出ようとしているところを捕まったら、刑務所に入ったきり出てこられないぞ。それにもしうまく国外に出られたとしても、二度とこの国には戻れない」

「それは残念至極ね。でもね、腰をすえることのできる場所が、すなわち故郷よ。私はそんな場所をいまだに探し続けているのよ」

「でもホリー、それはいくらなんでも馬鹿げている。君は無実なんだ。ここに踏んばってがんばらなくっちゃ」

「がんばれ、負けるな、フレーフレー」と彼女は言って、僕の顔に煙草の煙を吹きかけた。しかし感ずるところはあったようだ。彼女の瞳《ひとみ》は、僕が目にしているのと同じ不吉な情景を思い浮かべて、大きく見開かれた。鉄格子《てつごうし》のはまった部屋、ゆっくりと閉まる扉のついた鋼鉄の廊下。「ああ、よしてちょうだい」と彼女は言って、煙草をぎゅっと消した。「あいつらになんかぜったい捕まりっこないわよ。あなたが口を閉ざして《プーシユ・フエルメ》さえいればね。いいこと。私を軽蔑したりしないでね、ダーリン」。彼女は僕の手に手を重ね、強烈なばかりの親密さを込めて、唐突にぎゅっと押した。

「私には限られた選択肢しか与えられてないの。このことについて弁護士とよくよく話をしたわ。もちろんリオ行きのことなんてひとことも言わなかったわよ。そんなことを言ったら、あっという間にサツに通報されてしまう。弁護士にしてみたら弁護料もとれないし、O・Jの積んだ保釈金だって全額ぱあになっちゃうわけだものね。かわいそうなO・J。でもね、西海岸にいたときに一度、彼がポーカーの一発勝負で勝てるように、手助けをしてあげたことがあるの。一万ドル以上はもうけたわ。だからこれでおあいこってわけ。でもね、実はこういうことなのよ。当局はね、まず私をちょっとばかり好きなようにして楽しんで、それから、サリーを有罪にするために私を州側の証人に仕立てようとしているのよ。適当に利用するだけ。私を起訴しようなんて、ハナから考えちゃいない。そんなことできっこないんですもの。たしかに私はろくでもない女かもしれない。とてもほめられたもんじゃないでしょう。でもね、はばかりながら友だちのためにならない証言をするようなつもりはありませんからね。たとえそうすることで、彼がシスター・ケニー（訳注　オーストラリア生まれの看護婦。小児麻痺患者のために貢献した）に麻薬を打ったことを立証できるとしてもよ。その人がどんな風に私を扱ってくれたかで、私は人の価値を測るの。そりゃもちろんサリーは清廉《せいれん》潔白とは言えないし、私のことを都合よく利用もした。でも基本的にはいいやつよ。警察に協力してあの人を有罪にするくらいなら、死神の太っちょ女にあっさり連れて行かれた方がまだましよ」

　コンパクトの鏡を上にかざして傾け、曲げた小指の先で口紅をなおしながら、彼女は言った、「それにぶちまけた話、ほかにもちょっとわけはあるのよ。舞台照明のちょっとした色の変化ひとつで、女の顔って生きもすれば死にもする。たとえ陪審員が私に名誉戦傷勲章《パープルハート》を授与してくれたとしても、私はもうこの近辺で、これまでと同じようにはやっていけない。ラ・ルーからペローナズ・バー・アンド・グリルに至るまで、立ち入り禁止のロープが私のためにぴっと張られていることでしょうね。冗談抜きでね。私はきっとフランク・E・キャンベル葬儀店みたいに、みなさんに温かく歓迎されることでしょうよ。そして坊や、あなたにはわからないかもしれないけど、特別な才覚を頼りにやってきた私みたいな女にとっては、それはまさに命取りの状況なの。ええ、私はランクを落としてまで生きていきたくない。『ローズランド』あたりでウェストサイドのどんくさいやつらを相手にするような、そんなしみったれた生活は願い下げだわ。その一方で、麗《うるわ》しいマダム・トローラーがしゃらしゃらとでかいお尻《しり》を振って、ティファニーに出入りしていらっしゃるっていうのにさ。まったく冗談じゃないよ。そんな目を見るくらいなら、いつだってあの太っちょ女をうちに寄越してもらってけっこうよ」

看護婦が足音を忍ばせて部屋に入ってきて、面会時間は終わりましたと告げた。ホリーは抗議しかけたが、口の中に体温計を突っ込まれて黙らされた。しかし僕が行きかけると、彼女は体温計を口から抜いて言った。「お願いがあるの、ダーリン。タイムズだかどこだか、なんでもいいけど、適当なところに電話をかけて、ブラジルのもっとも裕福な五十人のリストみたいなものを手に入れてちょうだい。これ真剣な話よ。もっとも裕福な五十人。人種や肌の色なんてどうでもいい。もうひとつお願い。私の部屋をひっかきまわして、あなたがくれた聖クリストフォロスのメダルを見つけておいて。旅行にはそれが必要だから」

金曜日の夜、空は赤く染まっていた。雷も鳴っていた。彼女の出発する土曜日には、街はスコール顔負けの激しい雨にみまわれた。鮫《さめ》が空中を泳げそうなくらいだったが、飛行機が同じことをするのは無理だろう。

しかし僕が嬉々《きき》とした声で、飛行機はとても飛び立たないよといくら説得しても、彼女は耳も貸さず旅支度を続けた。というか実際には、その作業の大部分は僕に押しつけられた。というのは、ブラウンストーンのアパートメントには近づかない方が賢明だと彼女は考えたからだ。それはまた正しい判断だった。その建物はたしかに見張られていた。警察によってか、新聞記者たちによってか、あるいはまたそれ以外の正体不明の関係者によってか、それはわからないが。男が、あるときには男たちが、玄関をいつもうろついていた。彼女は病院を抜け出し、銀行に行き、そのあとジョー・ベルのバーに直行した。「尾行されてはいないと言っている」とジョー・ベルは僕に言った。彼はホリーからのメッセージを携えて、僕のところにやってきたのだ。できるだけ早く、少なくとも三十分以内に、荷物をまとめてジョー・ベルの店に持ってきてくれという内容の伝言だった。荷物とは、ジョーによれば、「宝石と、ギター。洗面用具みたいなもの。百年もののブランディー、こいつは洗濯物を入れるカゴの底に隠してあるそうだ。ああ、そうだ、それから猫も。猫も持ってきてもらいたいってさ。しかしなあ」と彼は言った。「こんなことに手を貸していいもんだろうか。俺たちあの子を、あの子自身から保護してやった方がいいかもしれんぜ。俺としちゃ、いっそのこと警察に通報したいくらいのもんだ。それとも店に帰って、じゃんじゃん酒を飲ませて酔っぱらわせて、飛行機を乗り逃がしたなんてことにならんものかな」

僕はつるつる滑る非常階段を使い、おぼつかない足どりで、ホリーの部屋と自分の部屋とのあいだを行き来した。風に吹きさらされ、息を切らせ、雨に骨の髄まで濡《ぬ》れながら。いや、骨の髄まで達したのは雨ばかりではない。こんなひどい気候に無理に移動を強いられた猫はとても上機嫌とは言えず、その爪《つめ》を骨に達するまで深く僕に食い込ませた。それでも手早く、要領よく、僕はホリーの逃走用荷物をまとめた。聖クリストフォロスのメダルまで見つけ出した。一切合切が僕の部屋の床の上に、うずたかく積み上げられた。ブラジャーやらダンス靴やら、その他いろんな美しいものの、胸の痛むピラミッドだ。僕はそれらを、ホリーの持っているただひとつのスーツケースに詰めた。詰め切れなかったたくさんの荷物は、仕方なく食料品店の紙袋に、いくつかに分けて放り込んだ。猫をどうやって運べばいいかずいぶん思案したのだが、結局ピローケースに詰め込んで持っていくことにした。

どうしてそんなことをしたのか、話し出すと長くなるのだが、とにかく僕は一度ニューオーリアンズからミシシッピ州のナンシーズ・ランディングまで歩いたことがある。五百マイルをちょっと切るくらいの道のりだ。しかしそれだって、このときのジョー・ベルの店までの移動に比べれば、陽気な散歩みたいなものだった。ギターには雨水が溜《た》まり、紙袋はぐっしょり濡れ、結局破れて、香水の瓶が落ちて割れ、舗道にこぼれた。真珠が転がって側溝に落ちた。強風にぐいぐいと押されるし、猫は爪を立てた。猫はとにかく声を限りに叫び立てていた。でもそれにも増して僕はびくついていた。意気地なしという点では、ホセとどっこいどっこいだ。雨の降りしきるまわりの街路には、目には見えない法の網がめぐらされ、手ぐすねを引いて僕を待ち受けているみたいに思えた。そして犯罪者の逃亡を幇助《ほうじょ》したかどで、僕を投獄しようとしているのだ。

その犯罪者は僕に言った、「なによ、ずいぶん時間がかかったわね。それでブランディーは持ってきてくれた？」

猫は外に出されると、ひょいと飛び上がって、彼女の肩に鳥のようにとまった。その尻尾《しっぽ》は狂詩曲でも指揮するかのように、激しく打ち振られた。ホリーもまた音楽に浮かれているみたいだった。にぎやかで勇壮果敢な船出の音楽だ。彼女はブランディーのコルクの蓋《ふた》を開けて言った。「これはね、私の嫁入り支度に入れるはずのものだったんだよ。そして結婚記念日がめぐり来るたびに、二人で楽しく乾杯しようと計画していたわけ。ふん、何が嫁入り支度さ、まったく。ねえ、ベルさん、グラスを三つちょうだいな」

「二つにしてくれ」とベルは言った。「あんたの愚かしさに乾杯なんてまっぴらだ」

どれだけホリーが彼を言葉巧みに誘っても（「あらあら、ベルさん。むずかしいことを言わないでよ。女の人が高飛びするなんて、そうそうあることじゃないわよ。乾杯くらいいいじゃない」）、彼はますますつっけんどんになっていった。「俺はこんなことに関わりたくないんだ。そんなに地獄に行きたいのなら、ひとりで勝手に行きゃいいさ。これ以上の手助けはしたくないね」。しかしながらそれは正確さを欠いた宣言だった。というのは彼がそう口にした数秒後に、運転手付きのリムジンが店の前に横付けされたのだから。ホリーがまずそれを目にとめた。彼女はブランディーのグラスを置き、眉《まゆ》をぎゅっとつり上げた。まるで地方検事その人が車から降り立ってくるのを待ち受けるみたいに。僕も似たようなことを考えた。そしてジョー・ベルが顔を赤らめるのを目にしたとき、僕はこう思わないわけにはいかなかった。やれやれ、この男は本当に警察に通報したんだ、と。しかしその直後、耳まで赤くなりながら、彼は打ち明けた。「心配ない。キャディラックのハイヤーだ。俺が呼んだ。空港まで乗っていけばいい」

彼は僕らに背中を向けて、花瓶にいけた花をこそこそといじっていた。ホリーは言った、「ご親切にありがとう、ベルさん。ねえ、こっちを向いて」

彼は振り向かなかった。花瓶から花を何本かもぎとると、それをぐいっと彼女に向けて差し出した。花は目標を逸し、床にばらばらと落ちた。「元気でな」と彼は言った。そしてまるで吐き気でも催したみたいに、足早に洗面所に向かった。ドアをロックする音が聞こえた。

リムジンの運転手は沈着不動の人物で、でたらめに詰められた荷物をきわめて丁重に受け取り、車中でホリーが着替えを始めても顔色ひとつ変えなかった。いくらか弱まった雨脚の中、車がアップタウンに向けて進み始めるとホリーは、着替えがなくて、ずっと着っぱなしになっていた乗馬用の衣服を脱ぎ、スリムな黒いドレスをごそごそと着込んだ。僕らは道中ずっと無言のままだった。口をきいたら口論になることは目に見えていた。それにホリーの頭は何かほかのことでいっぱいで、話をするどころではなさそうだった。彼女は何かの唄《うた》を口ずさみ、ブランディーをぐっとあおり、しょっちゅう前屈《まえかが》みになって窓の外を眺めていた。まるでどこか特定の住所を探しているみたいに、あるいはまた——僕はたぶんこっちの方だろうと推測したのだが——思い出に残しておきたいどこかの場所に最後の一瞥《いちべつ》を送るみたいに。でも実はそのどちらでもなかった。「ここで停めて」と彼女は運転手に言った。スパニッシュ・ハーレムの道ばたに車は停まった。荒っぽくて、けばけばしくて、見るからにすさんだ地域だ。そこらじゅうに映画スターと聖母のポスターが貼《は》られている。歩道には果物の皮が散らかり、ぐずぐずになった新聞紙が風にあおられて舞っていった。雨は既にあがり、青空があちこちに顔をのぞかせていたが、風だけは勢いを失っていなかった。ホリーは車から降りた。彼女は猫を抱いていた。猫をあやすように揺すり、その頭を掻《か》きながら語りかけた。「ねえ、どう思う？　このあたりって、お前みたいなタフ・ガイにはお似合いの場所じゃないこと。ゴミ缶やら、ネズミの大群やら。ごろつき猫たちともお仲間になれるわ。さあ、お行き」、彼女はそう言って、猫を下に降ろした。猫がどこにも行かず、そのまがまがしい顔を上げて、海賊を思わせる黄色を帯びた目で、問いかけるような視線を彼女に向けたとき、ホリーは足を強く踏み鳴らして言った。「さあ、行きなさいって言ったのよ！」。猫は彼女の足に頭をすりつけた。「どっかに行っちまえって言ったのよ！」と彼女は声を荒げ、飛び込むように車に戻ってドアをばたんと閉めた。「さあ、出して」と彼女は運転手に言った。「さっさと行ってちょうだい」

僕は呆然《ぼうぜん》としていた。「なんてことをするんだ。なんてひどいことを」

一ブロック進んだところで彼女は口を開いた。「前に言ったわよね。私たちは川べりで出会ったのよ。それだけのこと。どっちも一人きりで生きていくの。お互い何の約束もしなかった。私たちは何の――」、そう言いかけたところで、急に声を失った。

顔がぴくぴくと引きつり、病人のように血の気を失った。車は赤信号で停止していた。彼女はドアを開け、そのまま通りを走り出した。僕もあとを追った。

しかし置き去りにした街角には、猫の姿は見えなかった。そこにいたのは、小便を垂れ流しているひとりの酔っぱらいと、一群の子供たちを引率する二人の黒人の尼さんだけだった。子供たちはかわいらしい声で歌いながら、通りを歩いていた。ほかの子供たちは建物の戸口に姿を見せ、女たちは窓から身を乗り出すようにして、通りを必死で駆けまわっているホリーの姿を眺めていた。「猫ちゃん、どこにいるの？　ほら、猫ちゃん。どこなの」と彼女は祈りを唱えるように叫びながら、そのブロックを行きつ戻りつしていた。彼女がそれを続けていると、あばただらけの子供が、一匹の年老いた雄猫の首筋をつかんでやってきた。「ねえさん、かわいい猫ちゃんがほしいのかい？　こいつを一ドルで譲ってやるよ」

リムジンがさっきからずっとあとをついてきていた。僕が彼女の腕をとって、車まで連れて行っても、彼女は逆わなかった。ドアの前で彼女は躊躇《ちゆうちよ》するように立ち停まり、僕の肩越しに、そしてなおも猫を売りつけようとしている（「五十セントでどうだい？　いや、二十五セントでもいいぜ。安いだろ」）子供の肩越しに何かを見ていた。そして一度身震いをした。彼女は立っているために、僕の腕をぎゅっと握っていなくてはならなかった。「ああ、神様。私たちはお互いのものだったのよ。あの猫は私のものだった」

僕は彼女に約束した。あとでここに戻ってきて、猫を必ず見つけるから、と。「猫の面倒は僕がみるから、心配しなくていい」

彼女は微笑《ほほえ》んだ。喜びを欠いた、はかない微笑みだった。これまで目にしたことのなかった微笑み。「でも、私はどうなるの？」と彼女は言った。囁《ささや》くような小さな声で。そしてまた身震いした。「私は怖くてしかたないのよ。ついにこんなことになってしまった。いつまでたっても同じことの繰り返し。終ることのない繰り返し。何かを捨てちまってから、それが自分にとってなくてはならないものだったとわかるんだ。いやったらしいアカなんてどうでもいい。太っちょの女だって、なんでもない。でもこいつだけは駄目。口の中がからからで、どう力をふりしぼっても、唾《つば》ひとつ吐けやしない」。彼女は車に乗り込み、シートに沈み込んだ。「ごめんなさいね、運転手さん。行ってちょうだい」

「トマトの愛人《トマト》行方不明」。それから「麻薬事件に絡《から》んだ女優、ギャングに消された？」。しかしほどなくこのような報道があった。「逃亡中のプレイガール、行き先はリオ」。彼女をアメリカに連れ戻そうとする当局の動きは、どうやらなかったようだった。そして事件は、ときどき新聞のゴシップ欄に取り上げられる程度のものにしぼんでいった。クリスマスの日にサリー・トマトが、シンシン刑務所内で心臓麻痺《まひ》のために死んだときに、ホリーの件はもう一度ニュースとして取り上げられたが、それだけだった。何ヶ月かが過ぎ去り、冬が終わり、それでもホリーからの連絡はなかった。ブラウンストーンの建物のオーナーはホリーが残していった家財道具を売り払った。ホワイト・サテンのベッド、タペストリー、大事にしていたゴシック風の椅子《いす》。部屋には新しいテナントが入った。クェインタンス・スミスという人物だった。彼の部屋にもホリーのときと同じくらいたくさんの男性客がやってきたし、みんなホリーの訪問客に負けず劣らず騒々しかったのだが、今回はマダム・スパネッラは苦情を申し立てなかった。それどころかこの青年を猫かわいがりし、彼が目の回りにあざをこしらえるたびに、わざわざフィレ・ミニオンを買いに走ったほどだった。でも春になって葉書が届いた。鉛筆の走り書きで、サイン代わりに口紅のキスがあった。

「ブラジルはぞっとするようなところだったけど、ブエノスアイレスは最高。ティファニーほどじゃないけれど、それに近いかもね。私はすっごく素敵なセニョールと仲良くなったの。愛？　おそらくは。とにかく、住まいを探しているところ（セニョールには奥さんと七人の子供たちがいるので）。住所が決まったら知らせます。深謝感佩《ミル・タンドレス》」

しかし住所は、もしそんなものがあったとしてもだが、とうとう届かなかった。そのことで僕はがっかりした。彼女に知らせたいことが山ほどあったからだ。僕の短編小説が二つ売れた。トローラー夫妻が離婚がらみでお互いを訴訟しあっているという記事を読んだ。ブラウンストーンの建物を僕は出ていくつもりだった。そこにはあまりに多くの思い出がしみ込んでいたから。でも何よりも伝えたかったのは、猫の消息だった。僕は約束を守った。そう、とうとう猫を見つけ出したのだ。何週間もかけて、仕事が終わったあとスパニッシュ・ハーレムの通りから通りへと歩き回った。何度も似たような猫を見かけた。縞柄《しまがら》の猫が前をよぎるたびにはっとするのだが、よく見るといつも違う猫だった。でもある日曜日、明るい日の差す冬の午後、ようやく僕はその猫に巡り会った。鉢植えの植物に両脇《りょうわき》をはさまれ、清潔なレースのカーテンに体のまわりを縁取られ、いかにも温かそうな部屋の窓辺に、猫は鎮座していた。猫はどんな名前で呼ばれているのだろう、と僕は思った。今ではきっと、彼にも名前が与えられているはずだ。そしてきっと猫は落ちつき場所を見つけることができたのだ。ホリーの身にも同じようなことが起こっていればいいのだがと、僕は思う。そこがアフリカの掘っ立て小屋であれ、なんであれ。

House
of
Flowers

花盛りの家

オティリーは、ポルトー・プランスの街で誰よりも幸福な娘であるはずだった。ベイビーが言うように、あんたは自慢できるものをしこたま手にしているんだもの、ということだ。たとえばどんなものよ、とオティリーは尋ねた。彼女は見栄《みえ》っ張りで、豚肉よりも香水よりも何よりも、心地よい賛辞を聞かされるのが好きだった。たとえばその器量よ、とベイビーは言った。あんたの肌の色はうっすらと淡いし、瞳《ひとみ》だってほとんどブルーだし、顔立ちはまるでお人形みたい。この界わいでも、あんたみたいにしっかり客のついている女の子はいないよ。誰だって、あんたにならいくらでもビールをご馳走《ちそう》してくれるじゃないの。たしかにそのとおりね、とオティリーは認めた。そして笑みを浮かべながら、自慢の持ち物をさらに数え上げていった。シルクのドレスを五着持っているし、緑色の繻子《しゅす》の靴も持っているし、三本の金歯が入っていて、これは三万フランの値打ちがあるし、ミスタ・ジャミソンか誰かがそのうちにまた一つブレスレットをプレゼントしてくれるはずだし。でもねえベイビー、と彼女は言ってため息をついた。なのになぜ心が満ち足りないのか、うまく言葉にすることができなかった。

ベイビーは彼女のいちばんの親友だった。ほかにもロシータという仲良しがいた。ベイビーはまるで車輪のようだ。丸くころころして、威勢がいい。肉づきの良い何本かの指には、安物の指輪のあとが緑色にのこっている。歯は焼けこげた切り株みたいにどす黒く、彼女が笑うと海の上までそれが聞こえた（少なくとも船員たちはそう主張した）。一方、ロシータはたいていの男よりも背が高く、そして力持ちだ。夜、お客の相手をしているときは色っぽくしなを作り、甘えたしゃべり方をするが、昼間は大股《おおまた》で威勢良く闊歩《かっぽ》し、兵隊なみの胴間声で話をする。オティリーのその二人の親友はどちらもドミニカ共和国の出身で、だから自分たちは、肌の色がより黒いこの国の連中よりひとつ位が上だと考えている。オティリーもこの土地の出身だったが、彼女たちにはそんなことはどうでもよかった。だってあんたには脳味噌《のうみそ》があるものね、とベイビーは言った。ベイビーはだいたいにおいて、頭の働く人間を高く買った。オティリーはいつもひやひやしていた。自分に読み書きができないことが、親友たちにいつかばれるのではないかと。

彼女たちが住み込みで働いている家は今にも倒れそうで、とんがり屋根みたいにひょろりと細かった。ブーゲンビリアの蔓《つる》がからまった、へなへなしたバルコニーがいくつか、まるでしがみつくようにそこにくっついていた。べつに看板を出していたわけではないのだが、人々はその店をシャンゼリゼと呼んだ。女将《おかみ》はいかにもオールド・ミスらしい内にこもった女で、身体《からだ》が不自由だったから、二階の部屋から采配《さいはい》をふるっていた。彼女はそこに腰を据え、揺り椅子《いす》を揺らせながら、一日に十本から二十本のコカコーラを飲んだ。全部で八人の女が彼女のもとで働いていた。オティリー以外はみんな三十を超えていた。夜になると女性たちはポーチに勢揃《せいぞろ》いし、おしゃべりに花を咲かせながら、取り乱した蛾《が》よろしく紙の扇をばたつかせ、あたりの空気をかき回した。そんな中に混じると、オティリーはまるで醜い姉たちに囲まれた、愛らしい夢見る子供みたいに見えた。

彼女の母親は亡《な》くなっていた。父親は入植した農園主だったが、とっくに本国フランスに引き上げていた。彼女は山地の、粗野な農民の一家に育てられた。一家の息子たちは、みんな年若いうちに草陰で彼女を犯した。ポルトー・プランスの市場に彼女が初めてやってきたのは三年前、十四歳のときである。十ポンドの穀物の入った袋を担《かつ》いだ、二日がかりの旅だった。重さを減らすために、彼女は途中で穀物を少しだけこぼした。それからまた更に少しこぼした。市場にたどりついたときには結局、袋はおおかた空っぽになっていた。オティリーは泣いた。もし市場で穀物を売ったお金をうちに持って帰らなかったら、ひどい目にあわされることがわかっていたから。しかしその涙も長くは続かなかった。というのは感じの良い男がやってきて、甘い言葉をかけ、優しく涙を拭《ふ》いてくれたからだ。男は彼女にココナッツを一切れ買って、食べさせてくれた。そして彼の従姉妹《いとこ》のところに連れていったのだが、それが誰あろうシャンゼリゼの女将であったわけだ。

オティリーは我が身の幸運が信じられなかった。ジュークボックスの音楽や、繻子の靴や、気の利《き》いた冗談を口にする男たち、それらは彼女の部屋についている電灯に負けず劣らず新奇で、わくわくさせられるものだった。オティリーは飽きもせずに電灯を、ぱちぱちつけたり消したりし続けたものだ。ほどなく彼女は一帯でも評判の娼《しょう》婦《ふ》になり、女将は彼女を指名する客に、通常の二倍の料金を請求できるようになった。オティリーは得意満面で、鏡の前で何時間もポーズをとったりもした。山奥での生活を思い出すこともほとんどなかった。にもかかわらず、そこを離れて三年を経た今でも、何かにつけて山地は彼女とともにあった。僻地《へきち》の風が彼女のまわりにまだそよ吹いているようでもあった。きゅっと持ち上がった彼女の硬いお尻《しり》はいっこうに柔らかくはならなかった。足の裏も同じで、まるでトカゲの肌みたいにざらざらしたままだった。

彼女の仲間たちが恋について話すとき、あるいは愛した男について語るとき、オテイリーは不機嫌になった。恋をしたときってどんな気持ちになるわけ？　と彼女は尋ねた。ああ、それはね、とロシータは目をうっとりさせて言った。まるで心臓に胡椒《こしょう》をふりかけられたような気持ちなんだよ。血管の中を小さな魚たちがそよそよ泳いでいるみたいな心持ち。オティリーは首を振った。もしロシータが嘘偽《うそいつわ》りなくそう言っているのだとしたら、私はまだ恋というものをしたことがないに違いない。だってこの館《やかた》を訪れる男たちの誰に対しても、そんな風に感じたことがないんだもの。

このことで彼女は深く思い悩み、ついにはまじない師にまで相談に行った。街の外にそびえる丘にブードゥーのまじない師が一人住んでいた。店の仲間たちとは違って、オティリーはキリストの御姿を部屋に飾ったりはしなかった。彼女は唯一神《ゆいいっしん》というものを信じず、それよりは土地の多神を信じていた。食べ物や、明かりやの神、死や、破滅をもたらす神。まじない師はそのような神々と繋《つな》がりを持っていた。祭壇の中に神々の秘密を祀《まつ》り、ひょうたんのかたかたという音の中に、その声を聴き取った。神々の持つ力を霊薬に込めることもできた。神々にうかがいを立てて、まじない師は次のような託宣を受け取った。お前は野生の蜂《はち》を一匹捕まえなくてはならない、と彼は言った。それを手のひらにくるむのだ。もしその蜂がお前を刺さなければ、お前は恋をみつけたことになる。

帰り道で彼女はミスタ・ジャミソンのことを考えた。五十過ぎの男で、開発プロジェクトのためにここに来ているアメリカ人だ。彼女の腕でちゃらちゃらと音を立てている金のブレスレットは彼から贈られたものだ。オティリーは、雪のように白く咲き乱れるスイカズラの垣根を通り過ぎながら、私はひょっとしてミスタ・ジャミソンと恋に落ちているんじゃないかしら、と思った。黒い蜂たちがスイカズラの花に群がっていた。勇気を出してさっと手を伸ばし、眠っている一匹を手の中に捕まえた。その一刺しはあまりにも強烈で、彼女は思わずその場に膝《ひざ》をついてしまった。オティリーは膝をついたままおいおい泣き続けて、しまいには蜂に刺されたのが手なのか、それとも目なのか、よくわからなくなったほどだった。

それが三月のことで、まわりは近づいてくるカーニヴァルに向けて盛り上がっていた。シャンゼリゼの女たちは、カーニヴァルに着る衣裳《いしょう》作りに余念がなかった。でもオティリーだけは手持ちぶさただった。というのは、彼女は華やかな衣裳を着るつもりもなかったからだ。お祭り騒ぎの週末、昇る月に向かってドラムが響き渡るとき、彼女は部屋の窓辺に座って、歌い手たちの小さな集団が、踊り、太鼓を叩《たた》き、通りを練り歩くのを、心ここにあらずという目でぼんやり眺めていた。口笛や、笑い声を耳にしても、騒ぎに加わりたいとは思わなかった。千歳のばあさんだってもうちっとは浮かれた顔をしているよ、とベイビーは言った。ねえ、オティリー、私たちと一緒に闘鶏を見に行かないか、とロシータが誘った。

闘鶏といっても、ありきたりの闘鶏ではない。その大会のために、とびっきり凶暴な雄鶏《おんどり》を抱えて、島中から人々がはせ参じていた。行ってみてもいいかな、とオティリーは思った。そして両耳に真珠のイヤリングをつけた。彼女たちが会場に着いたとき、試合はもう始まっていた。巨大なテントでは、大勢の観衆が海のように大きくうねり、悲鳴をあげたり、叫び声を上げたりしていた。中に入れなかった人々が、テントのまわりを囲んでいた。でもシャンゼリゼのご婦人となれば、中にはいるのは苦もないことだった。懇意にしている警官が、人々をかきわけて彼女たちを中に通し、リングサイドのベンチに座れるようにしてくれた。彼女たちのまわりにいる田舎から来た人々は、こんな洒落《しゃれ》たご婦人たちと同席することにひどく恐縮しているみたいだった。彼らは艶《つや》やかに塗られたベイビーの爪《つめ》におずおずと見とれ、ロシータの髪につけられた模造ダイアつきの櫛《くし》に見とれ、オティリーのきらめく真珠のイヤリングに見とれた。とはいえ闘鶏はまさに手に汗を握るしろものだったので、女たちの存在はすぐに忘れられてしまった。ベイビーはそれが面白くなかった。だから目をぎょろぎょろさせ、自分たちに見とれているものがいないかとあたりをうかがった。突然彼女はオティリーの脇腹《わきばら》をつついた。ねえ、オティリー、と彼女は言った。あんたにご執心の男が一人いるよ。あそこの坊やをごらんよ。あんたにぼおっと見とれてるからさ。まるで喉《のど》の渇いた人間が冷たい飲み物でも見てるみたいに。

初めのうち、前にどこかで会った人なのかなと彼女は思った。というのはその男は、まるで俺のことは知っているはずだといわんばかりの顔でこちらを見ていたから。でも知り合いであるはずはない。それほど美しい顔だちの男をこれまでに目にしたことはなかったからだ。それほど足がすらりと長くて、耳が小さい男を見たこともない。山育ちの男だということはすぐにわかった。農民風の麦わら帽と、すり切れた青いシャツを見れば一目瞭然《りょうぜん》だ。肌はショウガ色、皮膚はレモンみたいに艶やか、グアバの葉のように滑らかだった。その首の傾《かし》げ方たるや、彼が両手で抱えている黒と緋色《ひいろ》の混じった鶏に負けず劣らず偉そうだった。悠然と微笑《ほほえ》み、まっすぐ男たちを見やるのが、普段のオティリーだった。しかし彼女の笑みは今に限って、すっかり弱々しいものになっていた。それはケーキのこぼれたかけらみたいに、頼りなく唇にこびりついているだけだ。

やがて休憩時間となり、中央の競技スペースは空っぽになった。観客たちがそこにどっと押し寄せ、ドラムと弦楽器からなるオーケストラがカーニヴァルの音楽を賑《にぎ》やかに演奏するのに合わせて、踊ったり足を踏みならしたりした。青年がオティリーのところにやってきたのはそのときだった。鶏がまるでオウムよろしく彼の肩にちょんととまっているのを見て、彼女は吹きだした。消えちまいな、とベイビーは言った。そんな田舎ものが厚かましくもオティリーにダンスを申し込んだことに、彼女は腹を立てたのだ。ロシータは威嚇《いかく》するように、青年とオティリーのあいだに割り込んだ。彼はただ微笑んだだけだ。お願いです、マダム、おれはあなたの娘さんと話がしたいんです。オティリーは宙に持ち上げられ、自分の腰と彼の腰とが、音楽のリズムにあわせて触れあうのを感じた。でも彼女に異存はなかった。青年に導かれるまま、踊り手の雑踏の中へと足を踏み入れた。ロシータは言った。ねえ聞いた？　あいつったら私のことをあの子の母親だと思ってんのよ。ベイビーは彼女を慰めながら、渋面を作って言った。何を言ったってしょうがないよ。二人とも、所詮《しょせん》は未開地の山だしなんだからさ。オティリーが戻ってきたら、あんたのことなんか知らないという顔をしてやろうじゃないの、二人で。

しかしオティリーは結局、親友たちのところには戻ってはこなかった。べつに踊りたいわけじゃなかったんだとロワイヤルは（ロワイヤル・ボナパルトというのがこの若者の名前だった）彼女に言った。静かなところに行って二人で歩こうよ、と彼は言った。さあ、おれの手を握って。おまえをそこに連れて行ってあげるから。変わった人だ、と彼女は思った。しかし彼と一緒にいると気持ちがしっくりした。未開地はまだ彼女の中に色濃く残っていたし、彼もまた未開地の男だったからだ。手をつなぎ合わせ、虹色《にじいろ》にきらめく鶏を肩の上で揺らせながら、二人はテントを離れ、白い道を物憂《ものう》げにそぞろ歩いた。それから柔らかな地面の小径へと入っていった。そこでは陽光に染まった鳥たちが、身を乗り出すように傾いたアカシアの緑陰を、羽ばたき抜けていた。

おれはずっとつらかったんだ、と彼は言ったが、そんなにつらそうには見えなかった。うちの村ではジュノはチャンピオンなんだ。でもここに集まった鶏たちはみんな強くて醜い。そんな連中と試合をさせたら、ジュノはきっと死んでしまう。だからおれはね、こいつをこのまま村に連れて帰って、優勝したって言うつもりなんだ。ねえオティリー、嗅《か》ぎ煙草《たばこ》をちょいとやらないか。

彼女はなまめかしくくしゃみをした。嗅ぎ煙草は彼女に子供の頃を思い出させた。つらいことだらけの思い出ではあったけれど、それでも懐旧の念が、長く伸びた魔法の杖《つえ》のように彼女の心を打った。ねえロワイヤル、と彼女は言った、ちょっと待ってくれない。靴を脱いでしまいたいの。

ロワイヤルの方はもともと靴なんて履いていなかった。その黄金色の足はほっそりとして、空気のように軽かった。二人が地面に残していく足跡は、まさに繊細な動物の足跡だった。よりにもよって、こんなところでおまえを見つけるなんてな、と彼は言った。まったくもって信じられないや。だって、ここでは何もかもがひどいんだもの。ラムはまずいし、人はみんな泥棒じゃないか。どうしてこんなところに住めるんだい、オティリー？

なぜなら私は、自分で暮らしを立てていかなくちゃならないからよ。あなたと同じようにね。そしてここには私のための場所があるの。私はね、ええと、そう、ホテルみたいなところで働いているわけ。

おれたちにはちゃんと自分の家があるのさ、と彼は言った。それは丘を取り囲んでいる土地で、そのてっぺんにおれのうちがある。涼しいうちなんだ。ねえオティリー、うちにおいでよ。

あきれた人、とオティリーはからかって言った。あきれた人、と彼女は言いながら、木々のあいだを駆けた。彼はそのあとを追いかけた。まるで網でも持っているみたいに両腕を大きく開いて。鶏のジュノはぱっと翼を広げ、コオっと鳴きながら、飛んで地面に降りた。かさかさした木の葉や、羽毛のような苔《こけ》が、彼女の足の裏を心地よく刺激し、彼女は淡い影と濃い影のあいだを縫うように軽快に走り抜けた。虹色の羊歯《しだ》のヴェールに足を踏み入れたとき、かかとにトゲが刺さり、彼女ははっとそこに倒れた。ロワイヤルがそのトゲを抜き、オティリーは痛さに身をすくませた。トゲの刺さっていたところにロワイヤルは口づけをした。その唇は両手に移り、喉へと移った。まるでつむじ風に巻かれる木の葉の中にいるような心持ちだった。彼女はその若者の匂《にお》いを吸い込んだ。黒々とした、清涼な匂いだ。それはいろんなものの根っこの匂いだった。ゼラニウムの根っこの、どっしりとした樹木の根っこの匂いだった。

さあ、もうたくさんよ、と彼女は懇願するように言った。でもそれは本心ではなかった。オティリーの心がこってりと充《み》たされたのは、一時間ばかりを彼と共に過ごしたあとだった。若者はもう静かになって、そのちくちくする髪の頭を彼女の心臓の上に載せていた。眠っているロワイヤルのまぶたに群がるぶよに向かってシー！と彼女は言った。彼のまわりを歩きまわりながら、空に向かってコオっと叫ぶジュノに向かって、静かに！と言った。

そこに横になっているとき、オティリーは彼女の仇敵《きゅうてき》とも言うべき蜂たちの姿を目にした。蜂たちはほど遠くないところにある割れた切り株に、蟻《あり》のように列をなして這《は》い、出たり入ったりしていた。彼女はロワイヤルの両腕をほどいて自由になり、地面をならしてから、そこに彼の頭をそっと置いた。蜂たちの通い道に手を置いたとき、彼女の手は微《かす》かに震えた。しかしやってきた最初の蜂は、転がり込むように彼女の手のひらに入った。そしてオティリーが指を閉じても、彼女を傷つけようという素振りはまったく見せなかった。念のために十まで数えてから指を開いた。蜂は螺旋《らせん》状の弧を描き、楽しげに歌いながら、空に向けて飛び立っていった。

館の女将《おかみ》がベイビーとロシータに与えた忠告は簡単なものだった。放っておきなさい。好きなところに行かせればいいんだよ。数週間たてばここにまた戻ってくるから。女将はあきらめ顔で、もう万策尽きたというようにそう言った。彼女はオティリーを引き留めるために、あらゆる条件を持ち出したのだ。この館でいちばん良い部屋をあげるし、新しい金歯を入れてあげるし、コダックのカメラもあげるし、電気の扇風機もとりつけましょう。でもオティリーは耳を貸さなかった。脇目もふらず、段ボール箱に身の回りの荷物を詰め込んでいた。ベイビーは荷造りを手伝おうと申し出たのだが、そうしながらいつまでもおいおい泣き続けるもので、オティリーは途中でもう手伝わなくていいと言わざるを得なかった。嫁入り支度の上に涙がこぼれるのはなんといっても縁起がよくない。そしてロシータに向かってはこう言った。ねえロシータ、あなたは私のために喜んでくれなくちゃ。そんなところに突っ立って両手をぎゅうぎゅう握りしめてるかわりに。

ロワイヤルが彼女の段ボール箱を肩に担《かつ》ぎ、オティリーを連れて、夕暮れの中を山地へと徒歩で向かったのは、闘鶏大会のわずか二日後のことだった。シャンゼリゼにオティリーがもういないことがわかると、常連の多くはほかの店に足を向けるようになった。昔のよしみで通い続けた客たちも、店の雰囲気がどうも湿っぽいなと愚痴った。誰も女たちにビールをごちそうしてくれないという夜も幾度かあった。オティリーは結局もう戻ってこないかもしれないと、みんながだんだん思い始めた。六ヶ月が経《た》ったとき、女将は言った。あの子はきっともう死んだんだよと。

ロワイヤルの家はまさに花盛りの家だった。藤《ふじ》が屋根を覆《おお》い、窓を蔦《つた》のカーテンが隠し、戸口には百合《ゆり》が咲き乱れていた。家は丘の上に建っていたので、窓の外には遠くの海がちらちらと輝いて見えた。太陽は強く照りつけたが、日陰に入ればひやりとするほどだった。家中はいつもうす暗く、涼しかった。壁に貼《は》り付けられたピンクや緑の新聞紙が、風に吹かれてさらさらと心地よく音を立てた。家にはひとつしか部屋がなかった。そこには調理ストーブがあり、大理石のテーブルに置かれたぐらぐらする鏡があり、太った男が三人楽々横になれるくらい広々とした真鍮《しんちゅう》のベッドがあった。

でもオティリーはこの立派なベッドでは眠らなかった。そこに腰掛けることすら許されなかった。というのは、そのベッドはロワイヤルの祖母であるボナパルトばあさんの持ち物だったからだ。黒くひからびて、ごつごつした体つきで、こびとのようにがに股《また》で、コンドルなみにつるっ禿《ぱ》げだったが、この女は呪術師《じゆじゆつし》として近隣の人々に一目置かれていた。彼女の影が自分の身体《からだ》に落ちることを怯《おび》える人間がたくさんいた。ロワイヤルでさえ彼女に対しては距離を置いていた。花嫁を連れて帰ってきたよと祖母に告げたとき、緊張のためにどもってしまったほどだった。老女は身振りでオティリーを呼び寄せ、身体のあちこちを意地悪くちょこっとつねり、それから孫に向かって、お前の嫁は痩《や》せすぎておるよと告げた。これじゃ、初めての子供を産むときに死んじまうだろうて。

若夫婦は毎夜、ボナパルトばあさんが寝入ったことを見届けるまでは、愛を交わさなかった。でもときどき、二人が寝床にしている貧相な藁《わら》ぶとんの上で、月光に照らされて横になりながら、オティリーはボナパルトばあさんが目を覚ましており、自分たちを見ていることを確信した。一度、暗闇《くらやみ》の中で目やにだらけの目がひとつ、星明かりに光ったのを、彼女は目撃した。ロワイヤルにそのことをこぼしても、彼は笑って取り合わなかった。ばあさんはこれまでなんだってしこたま見てきたんだ。まだもうひとつふたつ見せてやったところで、べつに害はあるまいよ。

彼女はロワイヤルを愛していたから、不平があっても忘れるようにした。ボナパルトばあさんになるたけ悪意を抱かないように努めた。しばらくのあいだ彼女は満ち足りた気持ちで暮らした。親友たちのことも思い出さなかったし、ポルトー・プランスでの暮らしも懐《なつか》しくはなかった。それでも彼女はその時代の思い出の品々を、修繕してきれいに保っていた。結婚祝いとしてベイビーがプレゼントしてくれた裁縫箱を使って、絹のドレスや、緑色の絹の靴下をせっせと繕った。そのような服を彼女はもうまったく身につけなかった。女が着飾って出かけるような場所はそこにはなかったからだ。男たちは村にあるカフェに集まったり、闘鶏に興じたりしたが、女たちが集まるところといえば、洗濯場になっている小川くらいのものだ。しかしオティリーはなにしろ忙しくて、淋《さび》しさを感じるいとまもなかった。夜明けに起き出し、ユーカリの葉を集めて火をおこし、食事の支度をした。鶏にエサをやり、山羊《やぎ》の乳を搾《しぼ》った。ボナパルトばあさんがぶつぶつ文句を言えば、その応対もしなくてはならなかった。一日に三度四度と、飲み水を入れたバケツを担いで、サトウキビ畑で働くロワイヤルのところまで運ばなくてはならなかった。畑は家から一マイルほど下ったところにあった。水を持っていくと、彼はいかにも横柄《おうへい》な態度をとったが、それはとくべつ気にならなかった。彼は畑で一緒に働いている仲間の手前、かっこうをつけているだけなのだ。男たちは割ったスイカみたいな特大の笑みを浮かべて彼女を見た。しかし日が落ちて彼が帰宅すると、昼間まるで犬のようにぞんざいに扱われた仕返しに、彼女は夫の両耳を引っ張り、すねてふくれっ面《つら》をした。するとロワイヤルは、蛍があちこちで光る庭の暗がりの中で、オティリーを抱きしめ、口もとが思わず緩んでしまうようなことを耳元で囁《ささや》いてくれた。

結婚してからおおよそ五ヶ月が経ち、ロワイヤルは独身時代に送っていた生活に戻った。男たちは日が暮れればカフェに集まり、日曜日には日がな闘鶏に興じるものなのだ。オティリーがどうしてそのことで騒ぎ立てるのか、ロワイヤルはどうにも理解できなかった。とんでもない、そんなひどい話があるものですか、とオティリーはきっぱり言った。もし私を愛しているのなら、私をあの意地の悪いばあさんと二人きりで、昼も夜もここに置いておくような真似《まね》はできないはずよ。もちろんおまえのことを愛しているさ、と彼は言った。しかし男には男の楽しみってものがあるんだ。月が中空に昇るまで、彼が一人で好き勝手に遊んでいることもあった。いつになったら戻ってくるのか見当もつかない。藁ぶとんの上に横になってやきもきし、あの人の腕に抱かれていないと眠ることはできないと彼女は思うのだった。

しかしボナパルトばあさんには心底うんざりさせられた。この老女のおかげで、オティリーは頭がおかしくなってしまいそうだった。オティリーが料理をしていると、必ずやってきて調理ストーブのまわりをうろつき、出されたものが気に入らないと、それを口いっぱい含んで、床にぺっと吐き捨てた。考えつくあらゆる嫌がらせをその女は実行した。寝小便をしてベッドを汚し、山羊をうちの中で飼うと言い張った。手にするものを片端からこぼし、片端から壊した。そしてロワイヤルに向かって愚痴を言った。亭主のために家の中をいつもきれいにしておけないような女には一文の値打ちもないよ、と。老女は日がなオティリーの仕事の邪魔をした。その赤い、容赦ない目はほとんど閉じられることがなかった。しかしなんといってもいちばん頭にくるのは、オティリーがついに堪忍袋《かんにんぶくろ》の緒を切らせ、あんたを殺してやると怒鳴りつけることになった原因は、その老女が後ろからこっそりと忍び寄って彼女をつねることだった。爪《つめ》のあとがのこるくらいきつく。もう一度同じことをやってごらん、今度それをやったら、あの包丁でもって心臓を切り裂いてやるからね。ボナパルトばあさんにはオティリーが本気でそう言っていることがわかった。だからつねることはやめたが、別のわるさを思いついた。たとえば、庭の一角を何度も何度も歩いて踏みつけた。そこにオティリーがささやかな菜園をこしらえているなど知らなかったというふりをして。

ある日、普通ではない出来事がふたつあった。村の男の子がオティリーあての手紙を持ってきた。シャンゼリゼにいたときには、たまに葉書が届くことがあった。彼女と愉《たの》しいいっときを過ごした船員や旅回りの男たちが寄越すものだった。しかし封書を受け取ったのは生まれて初めてだ。彼女は字が読めなかったから、まず最初に頭に浮かんだのはそれを破り捨ててしまうことだった。わけのわからないものを手元に置いておいても、変に気にかかるだけだ。とはいえ、いつか読み書きを覚えることもあるかもしれない。だからその手紙は裁縫用具の入ったバスケットにしまっておくことにした。

ところが裁縫バスケットを開けて、彼女はそこにとんでもないものを発見した。まるでおぞましい毛糸玉よろしく、切断された茶色の猫の頭が入っていたのだ。あののろくでもないばあさんの仕業に違いない。あの女は私に呪《のろ》いをかけている、とオティリーは悟った。しかし恐ろしいという気持ちはまったく起きなかった。彼女は涼しい顔で猫の片方の耳をつまみ、ストーブの上でぐつぐつ煮えている鍋《なべ》に放り込んだ。お昼にボナパルトばあさんはさもうまそうに舌つづみを打ち、今日のスープはずいぶんおいしくできているねえと言った。

翌日の朝、昼食を出す直前に、バスケットの中に小さな緑色の蛇がくねっているのをみつけた。オティリーはそれを粉みたいに細かく刻み、シチューの中に散らした。日々彼女の創意が試された。蜘蛛《くも》たちが焼かれ、トカゲが揚げ物にされ、コンドルの胸がボイルされた。ボナパルトばあさんはどれもこれも何度もおかわりをした。彼女のまさぐるようなまなざしが、鋭くオティリーのあとを追った。そして呪いがきいてきた徴候が見えないものかと探っていた。オティリー、あんたはここんとこ具合がよくないんじゃないかね、と彼女は言った。彼女の酢のような声には、糖液がちびっと混ぜられていた。あんたはまるでアリみたいに小食じゃないか。こんなおいしいスープを飲んだらどうだい？

どうしてかっていうとね、とオティリーは抑揚のない声で答えた。スープに入ったコンドルの胸とか、パンに混ざった蜘蛛とか、シチューの中の蛇とか、そんなものちっとも食べたいとは思わないからさ。

ボナパルトばあさんは事の次第を悟った。血管が膨らみ、舌が痺《しび》れて力を失った。よろよろと立ち上がったものの、そのままテーブルの上に倒れ込んだ。そして日暮れを待たず息を引き取った。

ロワイヤルは泣き屋たちをかり集めた。彼らは麓《ふもと》の村から、近隣の山地からやってきて、夜更《よふ》けの犬みたいに痛ましい叫びをあげながら、家を取り囲んだ。老女たちは壁に頭をどすんどすんと打ち付け、男たちは地面にひれ伏して嗚咽《おえつ》した。それは哀《かな》しみを表現する芸術であり、悲嘆をもっとも巧妙に演技できるものが高く評価された。葬儀が終わると、みんなは仕事の出来に満足して帰って行った。

家は今ではすっかりオティリーのものになった。ボナパルトばあさんが余計なちょっかいを出さず、家の中を汚さなくなったおかげで、オティリーにも暇ができた。しかし暇な時間に何をすればいいのか、それがわからなかった。大きな真鍮のベッドの上にごろんと横になり、鏡の前をうろついた。頭の中でぶううんという単調な音が鳴り響いていた。そのハエの羽音をどこかに追いやるために、彼女は歌を歌った。シャンゼリゼのジュークボックスで覚えた歌だ。黄昏《たそがれ》の中でロワイヤルの帰りを待ちながら、彼女は昔のことを思い出した。こんな時刻にはポルトー・プランスの仲間たちは、ポーチに並んで噂話《うわさばなし》に花を咲かせていたものだ。店の前に車が乗りつけられるのを待ちながら。しかし腰にさげたサトウキビを刈る鎌《かま》を三日月みたいに揺らせながら、ロワイヤルがのんびり小径を上がってくるのを目にすると、胸はすぐにいっぱいになり、昔のことなんかさっぱり忘れて、彼のところに飛んでいった。

ある夜、ベッドの上で夫とともにまどろんでいるとき、ほかの誰かが部屋の中にいるような気配を突然オティリーは感じた。見まわすと、ベッドの足もとにぎらりと光る目がひとつあった。見覚えのある目だ。その目はこちらをじっとうかがっている。そして少し前からもしやと疑っていたことは決して思い過ごしではなかったのだと、オティリーはそのとき悟った。ボナパルトばあさんは死んだ。しかしこの世を去ったわけではなかった。家に一人でいるときに一度、高笑いを耳にしたことがあった。庭にいるときに、山羊が誰かをじっと見ているのを目にしたこともあった。しかしそこには人の姿はない。山羊は老女に頭を掻《か》かれたときによくそうしたように、耳をぴくつかせていた。

おい、ベッドをがたがた揺らせるのはよしてくれよと、ロワイヤルが言った。オティリーはそこに光っている赤い目を指さし、小声で言った。ねえ、あなたにはあれが見えないの？　おまえは夢でも見ているんだよ、と彼は言った。オティリーは手を伸ばしてその目に触れようとしたが、そこに何の手応《てごた》えもないことを知って悲鳴を上げた。ロワイヤルは明かりをつけ、オティリーを膝《ひざ》の上に抱き上げ、髪を優しく撫《な》でてやった。彼女は一部始終を打ち明けた。裁縫バスケットの中に入っていたいろんなもののこと、そしてそれらをどのように始末したか。なにか間違ったことをしたのかしら、私？　わからないな、とロワイヤルは言った。おれにはなんとも言えないよ。でもおまえはなんらかの懲《こ》らしめを受けなくちゃならないんだと思う。どうして、私が？　だってばあさんはそれを求めているからさ。おまえが懲らしめを受けない限り、ばあさんはいつまでもお前につきまとうはずだよ。それが祟《たた》りっていうものなのさ。その説に従って翌朝、ロワイヤルはロープを持ち出し、これからお前を庭の木に縛りつける、とオティリーに宣告した。日が暮れるまでそのかっこうで、飲まず食わずでいなくてはならない。お前が懲らしめを受けているということが、通りがかりの人たちにわかるようにしておくんだ。

　しかしオティリーはベッドの下に逃げ込み、そんなの冗談じゃないと言った。こんなところ逃げ出してやる、と彼女は泣きそうな声で言った。ねえロワイヤル、本気であの木に縛りつけるつもりなら、私はぜったいどっかに逃げちゃうからね。

　そしたらおれはおまえを連れ戻しにいかなくちゃならない、とロワイヤルは言った。そうなったら、おまえはいっそうひどい目にあうことになるぞ。

　彼はオティリーの足首をつかんで、わめき散らす彼女をベッドの下から引きずり出した。庭までの道筋、彼女は手当たり次第にそのへんのものを摑《つか》んで抵抗した。ドアや、蔦《つた》や、山羊のあごひげなんかを。しかしどれだけがんばっても無駄だった。ロワイヤルはそんなもの歯牙《しが》にもかけず、妻を樹木に縛りつけ、しっかりと結び目を三ヶ所にこしらえた。そして彼女に嚙《か》みつかれた手の部分をちゅうちゅう吸いながら、仕事に出かけた。夫が丘の陰に見えなくなるまで、オティリーは聞き覚えたありとあらゆる汚い言葉をその背中に投げかけた。山羊やらジュノやらひよこたちがやってきて、彼女が辱《はずかし》めを受けているところを見物した。オティリーは地面にへたり込んで、そいつらに向かって舌をつきだした。

そのときちょうどとうとしかけていたから、これはきっと夢の中のできごとに違いないとオティリーは考えた。ベイビーとロシータが村の子供を一人伴い、場違いなハイヒールを履き、おしゃれな日傘を持って、オティリーの名前を呼びながら、おぼつかない足取りで坂道を上ってくるのが見えたのだ。彼女たちは夢の中に出てくる人たちだから、私が木に縛られているのを目にしても、べつに驚きもしないはずだと彼女は思った。

おお、神様、あんた気が違ったのかい、とベイビーが叫んだ。そしてもし本当にそうだったらどうしようと思っているみたいに、恐る恐る、彼女に近づこうとしなかった。何か言っておくれよ、オティリー！

目をしばたかせ、くすくすと笑いながら、オティリーは言った。あんたたちに会えて嬉《うれ》しいよ。ねえロシータ、このロープを解いてくれない。そうすればあんたたちを抱きしめることができるんだけど。

こいつは、あの野蛮人がやったことなんだね、とロシータはロープをひっつかみながら言った。今度会ったら、こっぴどい目にあわせてやるよ。あんたをぶって、庭の木に縛りつけるなんて、とんでもないことだ。これじゃまるで犬並みじゃないか。

いや、そうじゃないの、とオティリーは言った。彼は私をぶったりはしない。今日はたまたま、私が罰を受けているだけなの。

あんたは私たちの忠告を聞かなかった、とベイビーは言った。それでどうなったか見てみるがいい。よし、たっぷりあいつにお礼をしてやろう、と日傘を勢いよく振り回しながら息巻いた。

オティリーは二人の親友を抱きしめ、キスした。ねえ、ほら、とってもかわいいおうちでしょう、と彼女は二人を自宅に案内しながら言った。お花をワゴンにいっぱい摘んで、それで建てたみたいなおうちなのよ。私にはそんな風に見える。さあ、外は暑いから中に入ってちょうだい。うちの中は涼しいし、それは素敵な香りがするのよ。

ロシータは、いったいどこが素敵な香りなのよという顔で、くんくんと匂《にお》いをかいだ。それからどっしりとした声で、そうね、日差しがきついから中に入った方がよさそう、と言った。暑さのせいでオティリーの頭もおかしくなっているみたいだし。あたしたちがここに来れてほんとによかったよ、ベイビーはやたら大きなハンドバッグの中を探りながらそう言った。それについては、なんといってもミスタ・ジャミソンに感謝しなくちゃね。マダムはもうあんたが死んでいると言っていたし、あたしたちが出した手紙にも返事が来なかったものだから、あたしたちだってひょっとしてと思い始めていた。ところがあのとびっきり心の広いミスタ・ジャミソンが、あたしとロシータのために、あんたのこの二人の良き親友のために、わざわざ自動車を調達してくれたんだよ。可愛《かわい》いオティリーがどうしているか、行って自分の目で見ておいでってね。ああオティリー、あたしはラムを一瓶、バッグに入れて持ってきたよ。もしグラスなんて洒落《しゃれ》たものがあるのなら、みんなで一杯ずつ飲めるんだけどね。

都会のご婦人たちの異国風のエレガントな振る舞いや、派手な装《よそお》いは、彼女たちを案内してきた村の子供をぼうっとさせてしまった。小さな子供は背伸びをしながら、黒い目で窓の中をちらちらとのぞき込んでいた。それに劣らず、オティリーだって心を乱されてしまった。口紅をつけた唇を目にしたり、香水の匂いを嗅《か》いだりしたのはずいぶん久しぶりのことだったからだ。ベイビーがラムを注いでいるあいだに、彼女は自分の繻子《しゅす》の靴や、真珠の耳飾りを引っ張り出してきた。オティリーが身だしなみを整えると、まあ、なんて素敵なんだろうとロシータは言った。あんたのためならどんな男だって、ビールを樽《たる》ひとつごちそうしてくれるよ。あんたみたいな綺麗《きれい》な子が、こんなど田舎でひどい目にあわされているなんて、とんでもない話じゃないか。あっちじゃみんながあんたに夢中になってるっていうのにさ。

そんなにひどい目にあわされているわけじゃないのよ、とオティリーは言った。まあたまにはそういうこともあるけど。

何も言わなくていい、とベイビーは言った。そのことについて今は話すには及ばない。とにかくこれで万事片づいたんだから。さあ、もう一度グラスを貸してちょうだいな。昔の思い出に乾杯しましょう。懐《なつ》かしい日々に、そして来《きた》るべき日々に！　今夜はミスタ・ジャミソンがみんなにシャンパンを振る舞ってくれるわ。そして女将《おかみ》さんはその値段を半分しか請求しないはずよ。

あらあら、とオティリーは仲間たちのことをうらやみながら言った。ねえ、みんなは私のことをなんて言ってる？　とオティリーは尋ねた。私のことをまだ覚えているかしら？

あんた、なんにもわかってないのね、オティリー、とベイビーは言った。これまで見たこともない男たちがやって来て、まず口にするのは、オティリーはどこだいってことなの。というのは、ハバナからマイアミまで、あんたの噂でもちきりなんだもの。ミスタ・ジャミソンときたら、あんた以外の女になんか目もくれないんだよ。店にやってきても、一人淋《さび》しくポーチに座ってお酒を飲んでいるだけ。ミスタ・ジャミソン、あの人はいつも私に優しかった。

そうね、とオティリーは夢見るように言った。ミスタ・ジャミソン、あの人はいつも私に優しかった。

やがて太陽も傾き、ラムの瓶は四分の三ばかり空になった。激しい雷雨がやってきて、ひとしきり丘を濡《ぬ》らせた。窓の外では、丘は今やトンボの羽のように輝き揺らめいていた。雨に湿った花の香りをたっぷりと含んだそよ風が、緑やピンクの壁紙を涼しげに撫でながら、部屋の中をのんびり吹き過ぎていった。たくさんの話が語られた。滑稽《こっけい》な話があり、もの哀しい話があった。シャンゼリゼにいたときのいつもの夜と同じだ。そしてオティリーは、自分が再びその仲間に加わっていることを嬉しく思った。

ああ、もうこんな時間になってしまった、とベイビーは言った。真夜中までには戻るって約束したんだ。オティリー、荷物をまとめるのを手伝ってあげようか?

自分も一緒に街に戻ることになっているとは、オティリーは考えてもいなかった。

しかしラムの酔いも手伝って、それも悪くないかもねと思った。だいいち、と彼女は微笑《ほほえ》みながら思い出した、あの人にはちゃんと言ったんだもの。そんなことをしたら私はどこかに行っちゃうよって。でも私は一週間もそちらにはいられないと思うな、と彼女は親友たちに向かって言った。ロワイヤルがすぐに私を連れ戻しにくるはずだから。

二人の親友はそれを聞いて大笑いした。あんたって何にもわかってないね、とベイビーは言った。ロワイヤルが店に顔を出したりしたら、うちの男連中がこてんぱんにのしちまうよ。

ロワイヤルが誰かに痛い目にあわされるなんて耐えられないわ、とオティリーは言った。それにそんなことされたら、うちに戻ってからあの人がどんなに怒り狂うか。

ベイビーは言った。大丈夫だよ、オティリー、あんたがあいつと一緒にここに戻ることは二度とないんだからさ。

オティリーはくすくすと笑った。そして部屋の中を見まわした。まるでほかの人たちには見えないものが彼女には見えるかのように。まさか、戻ってくるに決まってるじゃない、と彼女は言った。

目をむいて、ベイビーは扇を取り出し、顔の前でぱたぱたと振った。そんな道理のない話は聞いたこともないわ、と彼女は歯のあいだから絞り出すように言った。ねえ、ロシータ、そんなあほらしい話、聞いたことないよね？

オティリーもいろいろときつい目にあってきたのよ、とロシータは言った。だから頭のたががちょいと緩んでいるんだよ。ねえ、オティリー、私たちが荷造りをしてあげるから、あんたはベッドに横になっておいで。

彼女たちが自分の持ち物を積み上げていくのを、オティリーはじっと見ていた。二人は櫛《くし》やブローチを集め、絹のストッキングをくるくると巻いていた。オティリーは着ていた綺麗な服をするりと脱いだ。まるで更に洗練されたものに着替えようとするかのように。しかし彼女がそのあと身につけたのは質素な普段着だった。それから何も言わずに手を動かし始めた。親友たちの作業を手伝っているみたいに見えたが、実はすべてをもとあった場所に戻していた。彼女がやっていることを知って、ベイビーは足を踏み鳴らした。

聞いてちょうだい、とオティリーは言った。もしあんたとロシータが私の本当の友だちなら、私の言うとおりにして。最初に目にしたときと同じように、私を庭の木に縛りつけてちょうだい。そうすれば蜂《はち》に刺されることもないから。

すっかり酔っぱらっちゃってる、とベイビーは言った。しかしロシータは彼女を黙らせた。そしてため息をつきながら言った、どうやらこの子は恋の虜《とりこ》になっているみたいね。もしロワイヤルが追いかけて来て一緒に帰ろうって言ったら、この子はきっとここに舞い戻っちゃうことでしょう。そんなのを目にするくらいなら、私たちはこのまま街に戻って、ええ、女将さんの言うとおりでした、オティリーはもうこの世の人ではありませんって言った方がいいんじゃないかな。

それがいい、とオティリーは言った。そういう芝居がかった展開は彼女をわくわくさせた。私はもう死んだってみんなには言ってちょうだい。

そして彼らは庭に出た。ベイビーは胸をゆさゆさと揺らし、昼間の空にあてなく浮かぶ月のように丸く目をむいて、オティリーを木に縛りつける手伝いをするなんぞ、あたしは金輪際ごめんだねと言った。仕方なくロシータが一人でそれをやった。二人が帰ってくれてオティリーはほっとしたが、それでも別れぎわにいちばん盛大に泣きまくったのは彼女だった。二人が見えなくなったら、もう彼女たちのことを思い出しもしないだろうと、オティリーにはわかっていたからだ。ハイヒールを履いて、よろよろと険しい坂を下りながら、二人は後ろを振り向いて手を振った。しかしオティリーには手を振り返すこともできなかった。そんなわけで姿がまだ見えているうちから、オティリーは早々と彼女たちのことを忘れてしまった。

酒の匂いを消そうとユーカリの木の葉を囓《かじ》っているうちに、夕暮れのぴりっとした肌寒さが空気に混じってきた。昼間の月がそろそろ黄色く染まってきた。ねぐらに帰る鳥たちが、その樹木の暗がりの中に吸い込まれていった。突然、小径を歩いてやってくるロワイヤルの足音が耳に届いた。彼女は両脚をくの字に投げだし、首をがっくり落とした。そして両目を眼窩《がんか》の奥に思い切り引っ込めた。遠くから見れば、誰かの手にかかって非業《ひごう》の死を遂げたとしか見えないはずだ。ロワイヤルの足取りが急に速くなり、走り出すのを聞いて、彼女はにんまりとした。少しくらいは肝を潰《つぶ》させてやらなくちゃね。

A Diamond Guitar

ダイアモンドのギター

囚人農場からいちばん近くの町まで二十マイルの距離がある。農場と町とのあいだにはたくさんの松林があって、囚人たちはそこで労務に服している。樹幹から松脂《まつやに》を採集するのが彼らの仕事だ。刑務施設からして林の中にあった。轍《わだち》のついた赤土の道路の突き当たりにそれはあり、鉄条網がまるでツタのように塀にからみついている。宿塀の中には百九人の白人と、九十七人の黒人と、一人の中国人が収容されている。宿舎は二棟、どちらも大きな緑色の木造建物で、タール紙の屋根がついている、そのひとつを白人が使い、もうひとつを黒人と中国人が使っている。どちらにも大きなだるまストーブがひとつ据えられているが、このあたりの冬はおそろしく冷える。松の木が霜のおりた針葉を波打たせ、月が凍《い》てついた光を地表に落とすころ、男たちは鉄製のベッドに横たわり、眠ることもかなわず、その瞳《ひとみ》にストーブの炎を映し続けるのだ。

ストーブの近くに簡易ベッドを寄せることができるのは、一目置かれた囚人か、こわもての囚人と相場が決まっているが、ミスタ・シェーファーはそのうちの一人だ。特別な敬意を込めてミスタつきで呼ばれているこの人物は、上から思いきり引っぱられて長く延ばされたような体軀《たいく》の男だった。赤みがかった髪は白くなりかけ、頰はそげて、どことなく宗教家を思わせるところがあった。肉と呼べそうなものがさっぱりついていないので、骨の動きをじかに目にすることができる。瞳の色は淡く、鈍味をたたえていた。彼は読み書きができ、複雑な足し算もできた。だから誰かが手紙を受け取ると、それはミスタ・シェーファーのところに持ち込まれた。多くはもの悲しい手紙で、様々な窮状を訴えていた。おおかたの場合、ミスタ・シェーファーは手紙の内容を適度に明るいものに作り替え、ところどころわざと読み飛ばしたりもした。宿舎には字の読める囚人がほかに二人いた。しかしその一人は自分では手紙を読まず、わざわざミスタ・シェーファーに読んでもらった。うまく作り替えて読みあげてもらった方が、彼にはありがたかったからだ。ミスタ・シェーファー本人には、たとえクリスマスにだって一通の手紙も届かない。彼は監獄の外には友だちを一人も持たないように見えるし、実際に一人として友だちは——つまり語るに足る友だちはということだが——いない。しかし過去には、それとは違う人生もあったのだ。

数年前の冬のとある日曜日、ミスタ・シェーファーは宿舎の階段に腰を下ろして木彫りの人形を作っていた。彼はそういう手工が得意だった。人形はいくつかの部分に分けて彫られ、最後に小さなバネでひとつに組み合わされる。手足は動くし、首も回転した。一ダースかそこら人形の完成品がたまると、農場の監督がまとめて町に持っていって、雑貨店の棚に並べられる。そのようにしてミスタ・シェーファーは小遣い銭を稼ぎ、キャンディーや煙草《たばこ》を買うことができた。

その日曜日、彼が人形の小さな手の指を彫っているときに、一台のトラックが刑務所の庭に姿を見せた。農場の監督に手錠で繫《つな》がれた若者がトラックから降り、どんよりと鈍く光る冬の太陽を見上げた。ミスタ・シェーファーはそちらにちらりと目をやっただけだ。彼は既に五十歳になっていたし、そのうちの十七年をこの農場で過ごしてきた。新しい囚人が一人入ってきたところで、とくに感興も湧《わ》かない。日曜日には農場の仕事はなく、庭をあてもなく散歩していた連中は、トラックの方に寄っていった。ピック・アックスとグーバーがその少しあとにやってきて、ミスタ・シェーファーと話をした。

ピック・アックスは言った、「外国人ですよ、あの新入りは。キューバから来たんです。でも髪は金髪だ」

「人を刺したんだって監督は言ってました」とグーバーは言った。彼自身も人を刺してここに送られたのだが。「モビールで船乗りを一人切り裂いたとか」

「二人の船乗りだ」とピック・アックスは言った。「でもただの酒場の喧嘩《けんか》で、相手は無事だったということでした」

「耳をひとつ切り取られてか？　それを無事だったとお前は言うのか？　とにかくそれで懲役二年をくらったって監督は言ってましたぜ」

ピック・アックスは言った。「ギターを持ってるんです。宝石みたいなのがぴらぴらついたやつを」

　仕事をするには暗くなりすぎていた。ミスタ・シェーファーは人形の各部を一体にまとめ、その小さな手を握って、膝《ひざ》の上に載せていた。彼は煙草を巻いた。夕暮れの光の中で松林は青みを帯び、暗さを徐々に増していく冷ややかな大気に、煙草の煙が静かに漂った。監督が庭を横切ってこちらにやってくるのが見えた。新入りの囚人であるブロンドの若い男が、一歩遅れて従っていた。男は模造ダイアをちりばめたギターを持っていて、それが星みたいにきらきらと光った。新しい囚人服は彼には大きすぎて、ハロウィーンの衣裳《いしょう》のようだった。

「この男をよろしく頼むよ、シェーファー」、宿舎の階段のところで立ち止まって、監督はそう言った。監督は厳しいだけの人間ではなかった。ときおりシェーファーをオフィスに招き、新聞に載っていた記事について語り合ったりもした。「ティコ・フエオ」と彼は言った。まるで鳥の名前か、歌の題でも口にするみたいに。「こちらはミスタ・シェーファーだ。この人の言うとおりにしていれば、うまくやっていける」

ミスタ・シェーファーは若者をちらりと見上げて、微笑《ほほえ》んだ。思った以上に長く微笑みかけたかもしれない。若者の目は切り取られた空を思わせた。冬の夕暮れに似たブルーだ。その髪は監督の金歯も負けそうなほどまぶしく輝いていた。いかにも遊びが大好きという顔だちだった。すばしこく、頭も切れそうだ。彼を見ているとミスタ・シェーファーは、祝日やら、楽しかった時代のことを思い起こした。

「妹を思い出すよ」とティコ・フェオは言って、ミスタ・シェーファーの人形に手を触れた。キューバ訛《なま》りのある彼の声は、バナナのように甘く柔らかだった。「そんなかっこうでおれの膝に座っていたっけ」

ミスタ・シェーファーはとつぜんきまりが悪くなった。監督に一礼すると、庭の暗がりの方に歩いていった。彼はそこに立ち、まるで花開くように次々に頭上に姿を顕《あらわ》していく宵の星々の名前をつぶやいた。星たちは彼の心の慰めだった。しかしその夜に限って、それは安らぎをもたらしてはくれなかった。この地上での出来事など、終わりなき永遠の輝きの中ではなんの意味も持たないのだと思いなすことが、今の彼にはできなかった。空にある星たちを見ていると、宝石をちりばめたギターと、その世俗的なまばゆさに頭が行った。

ミスタ・シェーファーがその人生において、本当に悪《あ》しきおこないをしたのはたった一度だけだった。人を殺したのだ。そこに至った事情はさして重要ではない。ただ言っておかなくてはならないのは、その男は殺されても文句の言えない男だったということ、そしてそのためにミスタ・シェーファーは懲役九十九年プラス一日の刑を宣告されたということだ。ずいぶん長いあいだ——それはあまりにも長い歳月だ——この囚人農場に送られる前に自分がどんな暮らしをしていたか、思い出すこともなかった。そのような過去の日々についての彼の記憶は、人々が遥《はる》か昔に見捨てて、家具がそっくり朽ち果ててしまった家屋にも似ていた。しかし今夜は、人の温《ぬく》もりを失ったそれら陰鬱《いんうつ》な部屋に、一斉に明かりが灯《とも》されたかのようだった。ティコ・フェオがきらめくギターを手に、夕暮れの中をやってくるのを目にしたときに、何かが動き出したのだ。そのときまで彼は、淋《さび》しいと意識したことすらなかった。なのに今では淋しさを感じ始めていたし、自分が生きていることをあらためて思い知らされた。それまでは生きたいと求めたことすらなかった。生きているというのはすなわち、思い出すことなのだ——魚が溌剌《はつらつ》と泳ぎ回っている茶色の川や、女性の髪に映える陽光やらを。ミスタ・シェーファーは頭をうなだれた。星のきらめきは彼の瞳に、静かに涙を滲《にじ》ませた。

囚人宿舎はいつもは陰気なところだ。男たちの匂《にお》いでむせかえり、二個の裸電球が部屋を素っ気なく照らしている。しかしティコ・フェオの出現によって、その冷えきった部屋の中に出し抜けに、何かしら南国的なものが生まれたようだった。ミスタ・シェーファーが星の観察を終えて戻ってきたとき、彼の目に飛び込んだのは、いかにも野性的でけばけばしい光景だった。ティコ・フェオは簡易ベッドの上にあぐらをかき、長いしなやかな指でギターをつま弾きながら、耳に軽やかに響く陽気な唄《うた》を歌っていた。歌詞はスペイン語だったが、何人かはそれに声を合わせて歌おうとしていた。ピック・アックスとグーバーは一緒に踊っていた。チャーリーとウィンクも踊っていたが、二人はべつべつに踊っていた。人々の笑い声を耳にするのは喜ばしいことだ。ティコ・フェオがようやくギターを置いたとき、ミスタ・シェーファーもほかのみんなと一緒に彼の腕前を褒めた。

「その見事なギターに相応《ふさわ》しい弾きっぷりだな」と彼は言った。

「ダイアモンドのギターなんだよ」とティコ・フェオは、その見せ物じみた輝きを放つギターを手でさっと撫《な》でながら言った。「前にはルビーのついたギターを持ってたよ。でもそいつは盗まれちまった。ハバナで俺の姉さんが、英語でなんて言うのかな、ギターを作るところで働いていてね、そこでこいつを手に入れたんだ」

何人の女きょうだいがいるんだね、とミスタ・シェーファーが尋ねると、ティコ・

フェオは笑みを浮かべて指を四本上げた。それから青い目が何かをねだるように細められた。「ねえ、ミスタ、二人の妹のためにあの人形をもらえないものかな?」

翌日の夜、ミスタ・シェーファーは人形を二つ彼にプレゼントした。そのあと彼とティコ・フェオは大の親友になった。二人はいつも一緒にいた。いつも二人はお互いのことに気を配っていた。

ティコ・フェオは十八歳で、その前の二年間はカリブ海を航行する貨物船で働いていた。子供時代は尼さんの経営する学校に通ったといい、金の十字架を首にかけていた。ロザリオも持っていた。彼はそのロザリオを、緑色の絹のスカーフにくるんでしまっていた。そのスカーフにはロザリオのほかに三つの宝物もくるまれていた。「パリの宵」のコロンの瓶と、携帯用の鏡と、ランド・マクナリー社の世界地図だ。そしてギター。それが彼の所持品のすべてだった。彼はそれらの品物を誰にも触らせなかった。おそらくは地図が、その中でも彼がもっとも大事にしている宝物だった。夜、消灯時間がやってくる前に、彼はその地図を振って広げ、これまでに訪れたことのある土地をミスタ・シェーファーに示した。ガルヴェストン、マイアミ、ニューオーリアンズ、モビール、キューバ、ハイチ、ジャマイカ、プエルト・リコ、ヴァージン諸島。そしていつか行きたいと思っている場所。彼はあらゆる場所に行ってみたかった。

しかしとりわけマドリッドに行きたかったし、北極点にも行きたかった。こういう話はミスタ・シェーファーをうっとりさせると同時に、怯《おび》えさせた。ティコ・フェオが海に出て、遠い場所に行くと思うと胸が痛んだのだ。彼はときどき護《まも》ってやらねばという目でその年若い友人を見て、「お前さんはあてもない夢を見ているただののらくら者なんだよ」と思った。

ティコ・フェオがのらくら者であることは事実だった。最初の夜を別にすれば、彼はどうしてもとせがまれなければ、ギターさえ弾こうとしなかった。夜が明けると、看守が囚人たちを起こしにやって来て、金槌《かなづち》でだるまストーブをがんがんと叩《たた》いた。するとティコ・フェオは小さな子供のようにぐずぐずと泣きごとを言った。病気のふりをすることもあった。いかにも辛《つら》そうになり、腹をさすった。しかしそんなことをするだけ無駄だった。監督は聞く耳など持たず、さっさと彼を野外の作業に送り出したからだ。彼とミスタ・シェーファーは一緒に道路工事に従事した。きつい労働だった。凍《い》てついた粘土質の地面を掘り起こし、破砕された岩石を詰めた袋を担《かつ》いで運んだ。看守はしょっちゅうティコ・フェオを怒鳴りつけなくてはならなかった。というのは彼はろくに仕事もせず、どこかにもたれかかって休んでばかりいたからだ。

昼時になって、食事の入った容器がみんなにまわされるとき、仲のいい二人は一緒に食事をした。ミスタ・シェーファーの容器にはとくべつのおまけがついていた。余分の収入で、町からリンゴやキャンディーを取り寄せることができたからだ。彼はそれらを友人に与えることを楽しんだ。友人はそのような好意を素直に喜んで受け取ったからだ。彼は思った、「お前さんはまだ育ち盛りなんだ。一人前の男になるにはずいぶん時間がかかりそうだ」

みんながみんなティコ・フェオに好意を持っていたわけではない。そこには妬《ねた》みがあった。あるいはもっと捉《とら》えどころのない理由から、彼についての悪い話を囁《ささや》いた。ティコ・フェオ自身はそんなことに気がつきもしないらしい。ギターを弾いて得意の唄を歌い、人々がそのまわりに集まっているとき、自分はみんなに好かれていると彼が思っていることは、誰の目にも明らかだった。囚人たちのほとんどは実際、彼に対して温かい気持ちを抱いていた。夕食が終わって、消灯時間になるまでのあいだのひとときをみんなは楽しみにし、心待ちにしていた。「ティコ、楽器を弾いてくれよ」とねだった。しかしその音楽が終わったとき、自分たちがいっそう切ない気持ちになっていることにまでは思い至らなかった。眠りは野ウサギのように元気に跳ねて、遠くに行ってしまった。囚人たちの目は何かを深く求めつつ、ストーブの格子《こうし》の奥でぱちぱちとはじける炎の上をさまようのだ。彼らの乱された思いを理解するのは、ミスタ・シェーファーひとりだった。なぜなら彼自身同じような気持ちを味わっていたからだ。彼の友だちが魚が泳ぎ回る茶色の川や、陽光に髪を輝かせる女性たちの姿を、彼の心に蘇《よみがえ》らせたのだ。

ほどなくティコ・フェオはストーブ脇《わき》のベッドに寝ることを許された。ミスタ・シェーファーの隣に。ミスタ・シェーファーはその友人が生来の嘘《うそ》つきであることを見抜いていたし、ティコ・フェオの語る冒険談や、自慢話や、出会った様々な有名人についての話を真に受けることをとっくにやめていた。ただの楽しいお話としてそれらに耳を傾けていただけだ。雑誌の記事を読むのと同じように。暗がりの中で物語を語る、友だちの南国風の声音を聞いていると、それだけでほんのりと心がぬくもった。

彼らは身体《からだ》を重ね合わせることはなかったし、そんなことをしようと考えもしなかったけれど――その手のことは囚人農場ではとくに珍しくはなかった――それでも二人は恋人のような関係にあった。四季のうちで、春はもっとも胸の痛む季節だ。冬の寒さに凍てついた地表を突き破って、花の茎が地上に現れる。死んだも同然に見えた枝から、新しい葉がはじけるように顔を見せる。今にも眠り込みそうな気怠《けだる》い風が、新しく芽生えた緑の草のあいだをゆっくりと彷徨《さまよ》う。ミスタ・シェーファーの身に持ち上がっていたのも、それと似たことだった。彼の中で何かがほどけ、それまで堅くこわばっていた筋肉が緩み始めたのだ。

一月も終わりに近いころ、二人は煙草《たばこ》を手に宿舎の階段に座っていた。レモンの皮を思わせる、黄色くて薄っぺらな三日月が頭上に浮かんでいた。その光に照らされて、霜の筋がいくつも、かたつむりの這《は》ったあとみたいに銀色に輝いていた。もう何日ものあいだ、ティコ・フェオは自分の内に引きこもっていた。物陰にひそんだ泥棒のように、ひたすら沈黙をまもっていた。誰かが「ティコ、ギターを弾いてくれよ」と言っても無駄だった。捉えどころのないとろんとした目で、相手を見やるだけだ。「話を聞かせてくれよ」とミスタ・シェーファーは言った。友だちの心の内が読めないと、彼は不安になり、落ち着かなくなった。「マイアミの競馬場に行ったときのことを話してくれ」

「競馬場に行ったことなんて一度もないよ」とティコ・フェオは言った。それはすなわち、とんでもない嘘をついていたと自ら認めることだった。何百ドルという金が動いて、ビング・クロスビーにも出会ったという話だった。しかし彼にはそんなことはもうどうでもいいみたいだった。それから櫛《くし》を取り出し、面白くもなさそうにそれで髪をとかした。数日前、その櫛が原因で激しい喧嘩になった。ウィンクという囚人が、ティコ・フェオが自分の櫛を盗んだと言い立てた。その非難に対してティコ・フェオは、相手の顔に唾《つば》を吐きかけることで応じた。ミスタ・シェーファーともう一人の男があいだに入って分けるまで、二人は激しいとっくみあいをしていた。「これは俺の櫛だ。そう言ってくれよ！」とティコ・フェオはミスタ・シェーファーに迫った。しかしミスタ・シェーファーは断固とした静かな声で、いや、それはお前の櫛じゃないと言った。その一言でみんなは拍子抜けしてしまったみたいだった。「もういい」とウィンクは言った。「そこまで櫛がほしいのなら、いいさ、お前にくれてやるよ」。少しあとで、わけがわからないという顔で、おずおずとティコ・フェオが言った。「あんたは俺の友だちだと思っていたんだけどな」。「友だちだよ」とミスタ・シェーファーは心に思ったが、あえて口には出さなかった。

「俺は競馬場になんて行かなかった。それから後家さんについての話。あれもやっぱり本当じゃない」、彼が強く煙を吸い込むと、煙草の火が怒りを含んで赤く輝いた。探るような目で、ティコ・フェオはミスタ・シェーファーの顔を見た。「なあ、ミスタ、金を持ってるかい？」

「二十ドルくらいならな」とミスタ・シェーファーは、どんな方向に話が進展していくのか不安に思いながら、戸惑いつつ答えた。

「二十ドルぽっちじゃなあ」とティコ・フェオは言ったが、とくにがっかりした風もなかった。「まあいいや。なんとかなるさ。モビールにフレデリコっていう友だちがいるんだ。そいつが俺たちを船に乗っけてくれる。問題はない」。まるで時候の挨拶《あいさつ》でもするみたいな何気ない口調で彼は言った。

それを聞いてミスタ・シェーファーの心臓は思い切り縮み上がった。言葉ひとつ出てこなかった。

「ここの連中には、ティコを捕まえることはできない。ティコは誰よりも速く走るから」

「ショットガンはもっと速いぞ」とミスタ・シェーファーは今にも消え入りそうな声で言った。「私は年を取りすぎた」と彼は言った。年齢のことを考えると、むかつきのようなものが腹の底から湧《わ》き上がってきた。

ティコ・フェオは何も聞いていなかった。「そして世界に出なくっちゃ。世界《エル・ムンド》だよ、親友」、彼は立ち上がって若い馬のようにぶるぶるっと身を震わせた。何もかもが彼の手元にまで引き寄せられたみたいだった——月や、フクロウの甲高い鳴き声なんかが。彼の息づかいは荒くなり、空中で煙となった。「俺たちマドリッドに行かなくちゃね。そこに行けば、俺も闘牛を習えるかもな。そう思わないかい、ミスタ？」ミスタ・シェーファーにしても、相手の言うことを聞いてはいなかった。「私はもう年をとった」と彼は言った。「年をとりすぎたよ」

それから何週間か、ティコ・フェオは彼に何度も迫った。世界に出なくちゃ、エル・ムンドだよ、親友。ミスタ・シェーファーはどこかに身を隠してしまいたかった。便所に閉じこもって、頭を抱えていたものだ。それでいながら、彼はまた興奮していたし、気をそそられてもいた。そんなことが実現するだろうか。ティコとともに森を駆け抜け、海へと向かうことができるだろうか。自分が船に乗っているところを想像した。生まれてこのかた、まだ海を目にしたことはない。今に至るまでずっと、地面に足をつけて生きてきた。この時期に囚人の一人が死んだ。棺桶《かんおけ》を作っている音が庭に届いた。釘《くぎ》が一本打ち込まれるたびに、ミスタ・シェーファーは思ったものだ。「こいつは俺のために作られている。あれは俺の棺桶なんだ」と。

ティコ・フェオの方はこれまでになく上機嫌だった。ダンサーのようにきびきびと、ジゴロのようにあでやかにあたりを歩き回り、誰彼となく冗談を言った。夕食のあと宿舎で、彼の指はまるで爆竹よろしく、ギターの上を威勢よくはね回った。彼はみんなに「オレ！」というかけ声を教え、中には空中に帽子を投げるものもいた。

道路工事が終了すると、ミスタ・シェーファーとティコ・フェオは再び森の中での作業に戻った。ヴァレンタイン・デーには、二人は松の木の下で昼食をとった。ミスタ・シェーファーは一ダースのオレンジを町から取り寄せ、ゆっくりとその皮を剝《む》いていた。果皮はらせんのかたちに剝かれていった。よりたっぷり果汁をふくんだところを、彼は親友に与えた。親友は得意げに、種を遠くまで吹いて飛ばした。ゆうに三メートルは飛んだだろう。

ひんやりとした美しい日だった。陽光のかけらが二人のまわりを、蝶《ちょう》のようにひらひらと舞っていた。樹木に囲まれて働くことが好きなミスタ・シェーファーは、ほのかな幸福感に包まれていた。そのときティコ・フェオが言った。「あの男、自分の口の中に飛び込んだハエだって、捕まえられやしないぜ」。彼が言っているのはアームストロングのことだ。豚のように顎《あご》の垂れた看守で、腰をおろし、両脚のあいだにショットガンを立てかけている。看守の中ではいちばん若く、囚人農場の新顔だった。「そいつはどうかな」とミスタ・シェーファーは言った。彼はアームストロングを日頃から観察しており、その新しい看守が、見栄《みえ》っ張りの大男の常として、軽々とした身のこなしで動くことを目にとめていた。「そう見せかけているだけかもな」

「俺の方が一枚うわてさ」とティコ・フェオは言った。そしてオレンジの種をアームストロングの方にひゅっと飛ばした。看守は彼を睨《にら》みつけ、それから笛を吹いた。作業に戻れという合図だった。

午後の作業の合間に、仲の良い二人は頃合いを見て再び一緒になった。松脂《まつやに》を溜《た》めるバケツを木の幹に釘でとめるときに、隣りあった木を選べばいいのだ。遥《はる》か下の方には、勢いよくはねて流れる浅い小川がある。それは分かれたりつながったりしながら森の中を抜けていた。「流れに入れば匂《にお》いはたどられない」とティコ・フェオは抜かりのないところを見せた。どこかでそんな話を耳にしたのだろう。「水の中を走ればいいんだよ。そして木の上にのぼって暗くなるまで隠れている。どうだい、ミスタ？」

ミスタ・シェーファーは釘を打ち続けていた。しかしその手は震えていた。手元が狂って、金槌で親指を叩いてしまった。彼は首を曲げ、焦点を欠いた目で友人の方を見た。その顔には苦痛の色はうかがえなかった。人が普通そうするように、打った親指を口に含んだりもしなかった。

ティコ・フェオのブルーの両目は、まるでシャボン玉のように大きく膨らんでいた。松の木のてっぺんを吹き抜ける風よりもひそやかな声で「明日だよ」と彼が囁いたとき、ミスタ・シェーファーの目が見ていたのは、その一対の瞳《ひとみ》だけだった。

「明日だよ、ミスタ。いいな？」

「明日」とミスタ・シェーファーは言った。

朝の最初のいくつかの色あいが宿舎の壁を染めた。ほとんど眠ることのできなかったミスタ・シェーファーは、ティコ・フェオも同じように目を覚ましていることを知っていた。クロコダイルみたいなくたびれた目で、彼は隣の簡易ベッドに横になっている友人の動向をうかがっていた。ティコ・フェオは宝物を収めたスカーフをほどいていた。最初に手鏡を取り出した。鏡の反射光がくらげのように彼の顔の上で震えた。彼はひとしきりそこに映った自分の顔にうっとりと見とれていた。それからまるでパーティーに出かける支度でもするみたいに、髪をとかし撫《な》でつけた。そしてロザリオを首にかけた。コロンの瓶は開けなかったし、地図も開かなかった。彼が最後にやったのは、ギターを調弦することだった。ほかのみんなが身支度をしているそばで、ベッドの端に座ってギターの弦を調整した。それは筋の通らないことだった。自分がもう二度とそのギターを弾くことはないと、ティコ・フェオにもわかっていたはずなのに。

もやった朝の森を抜けていく囚人たちの背後を、鳥たちの甲高い声が追いかけた。彼らは一列になって歩いた。ひとつのグループが十五人で編成され、それぞれの最後尾に看守がついた。ミスタ・シェーファーはまるで暑い日のように、汗をぐっしょりかいていた。指を鳴らしたり、鳥たちに向かって口笛を吹いたりしながらすぐ前を歩いている友人と、彼はうまく行進の歩調を合わせることができなかった。

合図は決められていた。ティコ・フェオは「用を足します」と看守に声をかけて、樹木の背後にまわるふりをすることになっていた。しかしそれがどの時点で実行されるのか、ミスタ・シェーファーは知らなかった。

看守のアームストロングが笛を吹き、配下の囚人たちは列を解いて、それぞれの持ち場へと散っていった。ミスタ・シェーファーは作業の手を休めないように注意しながら、ティコ・フェオと看守の両方を視野に収められる位置に、常に身を置くようにした。アームストロングは切り株に腰を下ろし、嚙《か》み煙草を一方の顎で嚙み、銃口を太陽に向けていた。彼はいかさま賭博師《とばくし》のような読めない目をしていた。どこを見ているのか、目つきからは判断がつかない。

一度誰かが「用を足します」と叫んだ。ティコ・フェオの声でないことはすぐにわかったが、それでもパニックに襲われ、ロープで喉《のど》を締め上げられたような気がした。昼が近づくにつれて耳鳴りがして、これでは合図をされても聞こえないんじゃないかと不安になった。

太陽が中空に達した。「あいつはただののらくら者で、適当なことを言っているだけなんだ。本当にできるわけないさ」とミスタ・シェーファーは思った。彼にしてみれば、なんとかそう考えたかった。しかしクリークを見下ろす土手の上に、昼食の容器を手に、二人並んで腰を据えたとき、ティコ・フェオは「まず腹ごしらえをしておかなくちゃな」と実務的な口調で言った。二人はまるで恨みを抱き合った人々のように、押し黙って昼食を食べた。しかし食事の終わり頃に、ミスタ・シェーファーは友人の手が自分の手に重ねられ、優しく握りしめられるのを感じた。

「ミスタ・アームストロング、用を足します……」

クリークの近くで、ミスタ・シェーファーはモミジバフウの木を一本目にとめていた。もうすぐ春になったら、あれを噛んで甘い汁が吸えるなと考えていたところだった。つるつるした土手を流れに向けて滑り落ちていく途中で、剃刀《かみそり》なみに鋭利な石が彼の手のひらを裂いた。それでも体をまっすぐ起こして、走り始める。彼の脚は長く、ティコ・フェオとほとんど肩を並べて走り続けることができた。凍《い》てついたしぶきが間欠泉となって、二人のまわりに勢いよく散った。男たちの叫び声が森のあちこちで、洞窟《どうくつ》の中の声のごとくうつろに響いた。銃声が三発聞こえたが、狙《ねら》いは高すぎた。カモの群れでも狙っているみたいだ。

流れに横たわった倒木が、ミスタ・シェーファーの目には入らなかった。彼はまだ自分が走り続けていると思っていた。しかしその両脚は虚《むな》しく空回りしているだけだった。まるで裏返しになった亀《かめ》のように。

脚をばたつかせている彼の様子を、上からのぞき込んでいる友人の顔は、真っ白な冬空の一部となって見えた。それはずっと遠方から冷静に判断を下している。その顔が留まっていたのは、ハチドリの動きのように、ほんの一瞬でしかなかった。しかしその一瞬のうちに、彼はすべてを悟ることができた。ティコ・フェオには、ミスタ・シェーファーと運命を共にしようというつもりなんて最初からなかったし、彼がついてこられるとも思っていなかったのだ。そして彼は思い出した。この友人が一人前の男になるには、まだずいぶん時間がかかるだろうと考えたことを。人々がミスタ・シェーファーを見つけたとき、彼はまだくるぶしまでの深さの水の中に倒れていた。まるで夏の午後に、流れの中にのんびりと浮かんでいるといった風情《ふぜい》で。

それから三回の冬が過ぎた。こんなに寒くてこんなに長い冬はこれまでになかったと毎年言われた。最近の二ヶ月は雨が降り続いた。おかげで農場に通じる粘土の道には深い溝がいくつもできて、そこに行くのも、そこから離れるのも、通行はいつにも増して困難になった。探照灯が二基、壁の上に新たに設置され、巨大なフクロウの両目のように夜じゅうらんらんと輝いていた。しかしそのほかには変化というほどのものはない。ミスタ・シェーファーにしても、髪にめっきり白いものが増え、くるぶしを折ったことで歩き方がぎこちなくなったことをべつにすれば、おおむね以前と同じだった。

ミスタ・シェーファーは脱走を計ったティコ・フェオを捕まえようとしてくるぶしを折ったのだという、監督じきじきの発表があった。新聞にはミスタ・シェーファーの写真まで載った。そこには「脱獄を阻止するべく努めた」と書かれていた。そのときは彼も深い屈辱を感じた。まわりのみんなが笑っていることを知っていたからではない。ティコ・フェオがその記事を目にするだろうと思ったからだ。しかしそれでも彼は新聞記事を切り抜いて、ティコ・フェオに関する他のいくつかの切り抜きと共に、封筒にしまっておいた。あるオールド・ミスの女性が、ティコ・フェオが家の中に入ってきて自分にキスしたと警察に通報した。モビール近辺で彼を目撃したという報告が二度あった。結局、既に国外に出たのだろうということになった。

ミスタ・シェーファーがティコ・フェオの残していったギターを引き取ることに、誰一人として異議を申し立てなかった。数ヶ月前に一人の新しい囚人が宿舎にはいった。ギターの名手だということだったので、みんなはミスタ・シェーファーに、そのギターを弾かせてやってくれないかと頼んだ。しかしその男が弾くと、音楽はどれもひどく調子はずれなものになった。最後の朝に調弦をしながら、ティコ・フェオがそのギターに呪《のろ》いをかけていったかのようだった。今ではそのギターはミスタ・シェーファーの簡易ベッドの下に置かれている。ガラスでできた模造ダイアは黄色く変色してきた。ときどき夜中に、彼の手はギターに伸びる。彼の指は弦の上をさまよい、それから世界の上をさまよう。

A Christmas Memory

クリスマスの思い出

キャサリン・ウッドに

十一月も末に近い朝を想像してほしい。今から二十年以上も昔、冬の到来を告げる朝だ。田舎町にある広々とした古い家の台所を思い浮かべてもらいたい。黒々とした大きな料理用ストーブがその中央に鎮座している。大きな丸いテーブルがあり、暖炉の前には、揺り椅子《いす》がふたつ並んでいる。暖炉はまさに今日から、この季節お馴染《なじ》みの轟音《ごうおん》を轟《とどろ》かせ始めた。

白い髪を短く刈り込んだ女が、台所の窓の前に立っている。テニス・シューズを履き、夏物のキャラコの服の上に、不格好なグレーのセーターを着ている。小柄で元気いっぱいで、まるで雌のチャボみたいだ。でも気の毒に、若い頃に長患《ながわずら》いをしたせいで、背中がこぶのように曲がってしまっている。顔だちは人目を引く。リンカーンに似ていると言えなくもない。ああいう具合にきゅっと頬がそげているのだ。その肌は太陽と風に焼かれて染まっている。でもそこには繊細さがうかがえる。骨の張り方にも無骨なところはない。瞳《ひとみ》はシェリー酒色で、いかにも内気そう。「ほら！」と彼女は叫ぶ。その息は窓を曇らせる。「フルーツケーキの季節が来たよ！」

話しかけている相手は、この僕だ。僕は七歳で、彼女は六十を越している。僕らはいとこ同士。すごく遠縁のいとこなのだが、僕らはそれこそ思い出せないくらい昔から一緒に暮らしている。僕の家にはほかにも人がいる。みんな親戚《しんせき》の人たちだ。偉ぶった人たちで、よく僕たちに悲しい思いをさせる。でも僕も彼女も、連中のことなんかおおむね気にもかけない。僕らは無二の親友なのだ。彼女は僕をバディーと呼ぶ。昔バディーという名前のやはり仲良しの男の子がいたからだ。そっちのバディーは、彼女がまだ小さな子どもだった一八八〇年代に死んでしまった。もっとも彼女ときたら今でもまだ子どもみたいなものだけれど。

「布団《ふとん》の中で目を覚ました時からもうわかっていたよ」と彼女は言う。こうこなくっちゃと目を輝かせて、窓辺からこちらを振り向く。「郡庁舎の鐘の響きがきりっとして冷やっこかったもの。鳥の声だって聞こえなかった。そうだよ、みんなもっと暖かいところに移っちゃったんだよ。ねえバディー、いつまでもパンなんて食べてないで私たちの荷車をもってきておくれよ。私の帽子も捜しておくれ。これから三十個もケーキを焼かなくちゃならないんだよ」

毎年これが繰り返される。十一月のある朝がやってくる。すると僕の親友は高らかにこう告げる。「フルーツケーキの季節が来たよ！　私たちの荷車をもってきておくれよ。私の帽子も捜しておくれ」と。まるで自分のその一言によって、胸おどり想《おも》いふくらむクリスマス・タイムの幕が公式に切って落とされたかのように。

帽子はみつかる。ビロードの薔薇《ばら》のコサージュがついたつばの広い麦藁帽《むぎわらぼう》だ。コサージュは陽にさらされて色が褪《あ》せている。その帽子は羽振りのいい親戚からのお下がりである。僕らはふたりで専用の荷車（実はおんぼろのうばぐるま）を引っ張って、庭に出て、ピーカンの果樹園まで行く。その荷車は僕のものだ。つまり、それは僕が生まれたときに買われたものなのだ。小枝細工で作られているが、今となってはずいぶんほどけてしまっている。車輪ときたら酔っぱらいの足どりよろしくよたよたしている。でもそれはけなげにいろんな役を果たしてくれる。春になると僕らはそれを押して森に行き、ポーチの鉢を飾るための花や、薬草や野生のシダでいっぱいにする。夏には、ピクニック用品やさとうきびの茎で作った釣り竿《ざお》を積み込んで、小川の岸辺にでかける。冬にはまた冬の使い道がある。庭の薪《まき》を積んで台所まで運ぶのだ。あるいはクイーニーの暖かい寝床になる。クイーニーは僕らの飼っている赤茶と白の混ざった、元気なちびのラット・テリアだ。クイーニーはジステンパーにかかったうえに二回も蛇に噛《か》まれたというのに、それでもしぶとく生きのびて、今もうばぐるまのそばをちょこちょこと走っている。

三時間後に僕らは台所に戻って、荷車いっぱい集めたピーカンを剝《む》いている。自然に風で落とされたものに限られているから、それだけの数を集めるのはかなり骨だ。背中がずきずき痛む。葉っぱの下に隠されたり、霜のおりた草の陰に埋もれたりしているピーカンの実を捜すのはひと苦労だ。おおかたの実は既に枝から振るい落とされて、果樹園の持ち主の手で売り払われていた（つまり僕らはそこの持ち主ではないのだ）。カチイイン！　殻の割れる気持ちのいい音が、小ぶりの雷鳴のようにあたりに響きわたる。脂分《あぶらぶん》を含んだ象牙色《ぞうげいろ》の甘い果肉、そのまばゆい山が、乳白ガラスの鉢に盛り上げられていく。クイーニーは味見をさせてくれとせがむ。親友は時折こそっと小さなかけらを犬にくれてやる。でも僕らはつまみぐい厳禁である。「駄目だよ、バディー、一度食べ始めたら我慢がきかなくなるからね。それにこれでも量はかつかつなんだよ。なにしろ三十個のフルーツケーキだからね」。台所はだんだん暗くなってくる。夕闇《ゆうやみ》が窓ガラスを鏡に変えてしまう。暖炉のそばで火に照らされて手仕事をしている僕らの姿が、昇ってきたばかりの月と重なりあう。そして月がはるか空高くに昇る頃、僕らは最後の殻を火の中に投げ込み、声を合わせてため息をつき、それが炎に包まれるのを見る。荷車はやっと空っぽになり、そのかわり、鉢の中はあふれんばかりだ。

僕らは夕ごはんを食べながら（冷たい丸パン、ベーコン、ブラックベリーのジャム）、明日のことを話し合う。明日になれば僕の大好きな仕事が始まる。買い出しだ。サクランボとシトロンとジンジャーとバニラとハワイ産パイナップルの缶詰と果物の皮とレーズンとクルミとウィスキーと、そう、それからとびっきりたくさんの小麦粉とバターと、山ほどの卵と各種香料に調味料。ああ、それだけ全部を荷車に積んで持って帰るには子馬が一頭必要だろう。

でも買い出しの前に、何はともあれお金の算段をしなくてはならない。家の人たちがたまにくれる雀《すずめ》の涙ほどのお金（十セント硬貨が大盤ぶるまいだった）や、あるいは僕らがいろんなことをやって稼いだお金をべつにすれば、ふたりともお金とはまったく縁のない存在だった。いろんなことというのは、がらくた市を開いたり、桶《おけ》に入れた手摘みのブラックベリーや、ホームメイドのジャムや、林檎《りんご》ゼリーや、桃の砂糖漬けを売ったり、あるいはお葬式や結婚式のために花を摘んで集めたりというようなことだ。一度全国フットボール・コンテストで七十九位になって、五ドルを獲得した。といってても僕らはフットボールのことなんて何ひとつ知らない。懸賞と名のつくものがあれば、とにかくかたっぱしから応募したというだけだ。さしあたり僕らは新しく発売されるコーヒーに名前をつけるコンクールに望みを託している。一等賞は五万ドルだ（思いついた名前は「A・M・」というものだった。そして少し迷いはしたものの——それはひょっとして神様の名を汚すことになるのではないかと親友が心配したからだ——「A・M・エーメン！」という売り文句をつけた）。本当のことを言えば、実際にお金らしいお金になった僕らの事業といえばたったひとつ、二年前の夏に裏庭の薪小屋を使って開いた『あっと驚くお楽しみ博物館』だけだった。「お楽しみ」というのはワシントンとニューヨークの風景を写したスライドを立体幻灯機で映写することだった。そこに行ったことのある親戚からスライドを借りたのだが、彼女はあとになって僕らがそれを何に使ったか知って、かんかんに怒った。それから「驚き」の方はうちで飼っていた雌鶏《めんどり》が生んだひよこで、そのひよこには脚が三本あった。近所の人たちはみんなそのひよこを一目見たがった。僕らは大人からは五セント、子供からは二セント取った。そうしてなんと二十ドルも貯《た》めたのだが、そこで折悪《おりあ》しく売り物の主役が死んでしまって、博物館も閉館とあいなったわけだ。

でも苦心惨憺《さんたん》、毎年僕らはちびちびとクリスマス用の貯金をする。フルーツケーキ基金。そのお金を僕らは時代物のビーズの財布の中に隠している。財布は僕の親友のベッドの下にあるおまるの下の床の、ゆるんだ羽目板の下に隠してある。財布は、お金を足す時か、あるいはそこからお金を引き出す時をべつにすれば、その安全な隠し場所にしっかりと眠っている。毎週土曜にお金は引き出される。というのは土曜日になると僕は映画を観《み》るために十セントもらったからだ。僕の親友は生まれてこの方映画を観たことは一度もなかったし、また観たいと思ったこともなかった。「私はお前に筋を聞かせてもらうほうがいいよ、バディー。そのほうがいろいろと想像できるもの。それに私くらいの歳《とし》になるとね、目の無駄遣いをしちゃいけないんだよ。神様がいらしたときにお姿がちゃんと見えないと困るものね」。映画を見るほかに、彼女がまだ一度も経験していないことはいろいろある。レストランで食事をしたこともなければ、家から五マイル以上離れたこともない。電報を打ったこともなければ受け取ったこともないし、新聞の漫画ページと聖書以外のものを読んだことがないし、化粧品をつけたこともないし、呪《のろ》いの言葉を口にしたこともないし、誰かが痛い目にあえばいいと願ったこともないし、故意に嘘《うそ》をついたこともないし、腹を減らせた犬をそのままうっちゃっておいたこともなかった。次に彼女がこれまでにやったこと、あるいは今やっていることをいくつかあげる。この土地で人目に触れた中ではいちばん大きなガラガラ蛇を鋤《すき》で突いて殺したし（ガラガラが十六も付いていた）、嗅《か》ぎ煙草《たばこ》をやっているし（こっそり隠れて）、ハチドリを手なずけようとして（やってごらん、むずかしいものだから）指に乗るところまでいっているし、七月でも背筋の凍りつくようなおっかないお化けの話をするし（僕らはふたりとも幽霊の存在を信じている）、独り言を言うし、雨の中を散歩するし、町でいちばん綺麗《きれい》な椿《つばき》を栽培しているし、昔のインディアンの薬の配合法に精通しており、魔法のいぼ取り薬だって作ることができる。

さて、夕食が終わり、僕らは家のいちばんはしっこにある彼女の部屋に引き下がる。そこには布をつぎはぎしたキルトがかかったベッドがある。鉄のベッドで、彼女の好きなローズ・ピンクに塗られている。僕の親友はそのベッドで眠るのだ。無言のまま、ふたりだけで秘密をわかちあう喜びに浸りつつ、僕らは秘密の隠し場所からビーズの財布を取り出し、中身をつぎはぎキルトの上にばらまく。ドル札はぎゅっと固く巻かれ、その緑は五月の蕾《つぼみ》のようだ。陰気な五十セント玉は、死人の目の上に置くのに十分なくらいずしりと重い。美しい十セント玉はいちばん元気が良くて、クリスマスの鈴みたいなちりんちりんという音を立てる。五セントと二十五セント玉は小川の小石のようにすり減ってつるつるしている。でもその中心をなすのはきびしい匂《にお》いのする、一セント銅貨の気の重い山だ。この前の夏、うちの人たちと僕らは取り決めをして、殺した蠅《はえ》二十五匹につき一セントもらうことになった。ああ、あの八月の大殺戮《だいさつりく》、天に召されていった蠅たち！　それは僕らが誇りにできる仕事ではなかった。今こうして座って一セント銅貨を数えていると、なんだか死んだ蠅をあらためて並べているような気分になってしまう。僕らはどちらも計算向きの頭を持っていない。ゆっくりと勘定し、途中でわからなくなり、また始めから勘定しなおす。彼女の計算によればお金は全部で十二ドル七十三セントあり、僕の計算では十三ドルちょうどだった。「お前の計算が間違っていてくれればいいんだけどね、バディー。十三なんて数と関わりあいになりたかないもの。ケーキが崩れちまうか、あるいは誰かがお墓に入るかだよ。私は十三日にベッドから出るなんてまっぴらごめんだよ」。これは本当のことで、十三日がくると、彼女はその日いちにちを布団の中で過ごす。だから大事をとって、僕らは一セント銅貨をひとつ抜いて、窓の外に放り投げる。

フルーツケーキの材料の中ではウィスキーがもっとも高価で、しかも手に入れるのがむずかしい。その売買は州法で禁止されているからだ。でもハハ・ジョーンズさんの店で瓶入りが買えることを知らないものはいない。翌日、ありきたりの買い物をひととおり済ませたあとで、僕らはハハさんの経営する川べりの「罪深い」（という世評の）カフェに向かって出発する。カフェでは魚のフライ料理を出し、ダンスもできる。僕らは前にも、同じ用向きでそこに行ったことがあった。でもこれまで取り引きをした相手はハハさんの奥さんだった。ヨードチンキを塗ったみたいな肌色のインディアン女で、真鍮《しんちゅう》のような艶《つや》の髪は漂白されていて、骨の髄までくたびれきったような感じの人だった。実を言うと、僕らは御主人の方をみかけたことは一度もない。噂《うわさ》では彼もやはりインディアンだということだった。両方の頰に剃刀《かみそり》の傷が走った大男だと。みんなが彼のことをハハと呼ぶのは、とてつもなく陰気な男で、一度として声を出して笑ったことがないからだ。彼のカフェに近づくにつれて（それは大きな丸太造りの小屋で、けばけばしく派手な裸電球の鎖でまるで花綵《はなづな》のように、外側も内側もぐるりと囲まれていた。小屋は川岸のじめじめした土の上に建ち、その頭上を覆《おお》った川沿いの樹々《きぎ》の枝には、灰色の霧のように苔《こけ》がもわっとかぶさっていた）僕らの足どりはだんだん重くなる。クイーニーでさえ、意気揚々とはねまわるのをやめて、足もとにぴったりとくっつく。何人もの人がハハのカフェで殺された。めった切りにされたり、頭を殴られたりして。来月にもひとつ、裁判所で事件が裁かれることになっている。言うまでもなくそういう出来事は夜中に起こる。色つき電球が狂気のような模様を投げかけ、蓄音機がむせび泣く夜中に。昼間のハハのカフェはみすぼらしくて、人気がない。ドアをノックする。クイーニーはわんわんと吠《ほ》え、親友は声をかける。

「こんにちは、奥さん。誰かいらっしゃいますか？」

足音が聞こえる。ドアが開く。僕らの心臓はでんぐりがえってしまう。出てきたのは、こともあろうにハハ・ジョーンズさん本人なのだ！　本当に体が大きい。傷跡だってちゃんとある。たしかににこりともしない。そして悪魔みたいなつりあがった目で僕らをじろりと睨《にら》みつける。「ハハに何の用だね？」

僕らはしばし茫然《ぼうぜん》として声を失ってしまう。そのうちに親友がやっとこさ声を出せるようになるが、それはどちらかというと囁《ささや》きに近い。「ねえハハさん、もしよかったらおたくの上等のウィスキーを一クォートいただきたいんですが」

彼の目はさらにつりあがる。なんたることか、ハハが笑っているのだ！　声まで出して笑っている。「おたくら、いったいどっちが酒飲みなんかね？」

「フルーツケーキを作るんですよ、ハハさん。料理に使うんです」

その答えは相手をがっかりさせる。彼は眉《まゆ》をひそめる。「立派なウィスキーをそんなことに使っちゃもったいねえな」。でも彼はうす暗いカフェにひっこんで、間もなく瓶を手に姿を見せる。瓶にはヒナギクのような黄色の液体が入っている。ラベルは貼《は》られていない。彼は日にかざしてその光沢を披露する。「二ドルだよ」

五セント玉と十セント玉と一セント玉で僕らは代金を払う。彼は手の中に硬貨を入れて、まるで一握りのサイコロを振るようにじゃらじゃら音を立てているが、突然優しい顔になる。「なあ、お前さんがた」ともちかけるように言う。そしてその金を僕らのビーズの財布の中にばらばら戻す。「金はいらんから、かわりにフルーツケーキをひとつ届けてくれや」

「なんと」と、帰りの道すがら親友が意見を述べる。「なかなか良い人じゃないかね。あの人のケーキにはレーズンをカップ一杯余分に入れてあげようね」

石炭と薪をくべられた黒い料理用ストーブは、灯をともしたカボチャのように赤々と光っている。泡立て器がぐるぐる回転し、スプーンがバターと砂糖を入れたボウルをかきまわし、バニラが甘い香りを漂わせ、ジンジャーはそれをひきしめる。とろけるような、鼻がちくちくする匂いが台所に充満し、家の中に広がり、煙突からたちのぼる煙にのって、外なる世界へと漂い出ていく。四日後に僕らの仕事は終わる。三十一個のフルーツケーキ。ウィスキーをふりかけられ、窓枠や棚の上にずらりと並べられている。

ケーキはいったい誰のために焼かれたのだろう?

友人たちのためだ。でも近隣に住む友人たちのためだけではない。たった一度しか会ったことのない、あるいはただの一度も会ったことのない人に送られるものの方がむしろ多いだろう。僕らはその人たちのことが気に入っている。たとえばローズヴェルト大統領。たとえば牧師のルーシー夫妻。彼らはバプティストの宣教師としてボルネオに派遣されており、昨年の冬に町を訪れて講演をした。それから年に二回町にやってくる小柄な包丁研ぎ。あるいはアブナー・パッカー、モビール発六時着のバスの運転手で、埃《ほこり》をもうもうと舞いあげながらうちの前を通り過ぎるときに、僕らと手を振りあう。あるいはカリフォルニアに住むウィストンという若夫婦。ある日の午後に彼らの車がうちの前でたまたま故障したのが縁で、一時間ばかりポーチで僕らと楽しくおしゃべりしたのだ（若い御主人が写真を撮ってくれたのだが、それは僕らが一緒に写っているただ一枚の写真である）。こういうとなんだか、僕らにとっての最も近しい友だちはまったくの赤の他人だったり、あるいはほんのちょっとした縁しかない人たちだったりするみたいだけれど、それは僕の親友がすごく人見知りをする性格であるにもかかわらず、そういう人たちに対しては不思議に心を開くことができたせいだった。そしてまたホワイト・ハウスのしるしの入った礼状や、時折カリフォルニアやボルネオから届く手紙や、包丁研ぎのくれた一セントの葉書なんかを保存しているスクラップ・ブックを見ていると、僕らは空のほかには何も見えないこの台所のずっと彼方《かなた》にある、活気に満ちた外の世界に結びつけられたような気持ちになれるのだ。

十二月、今では丸裸になったイチジクの木の枝が窓にぶつかって、きいきいと音を立てている。台所はからっぽで、ケーキの姿はもうそこにはない。昨日最後のケーキを郵便局まで運んでいったのだ。切手代を払うと、財布はすっからかんになってしまった。掛け値なしの一文なしだ。僕はそのことでけっこう気落ちしているのだが、さあひとつお祝いをしなくっちゃねと親友は言う。ハハさんの瓶にはまだ五センチほどウィスキーが残っているのだ。クイーニーはコーヒーを入れた鉢にスプーン一杯分のウィスキーを入れてもらう（クイーニーはチコリの匂いのする強いコーヒーが好きだ）。残りを僕らはふたつのゼリー・グラスに分ける。ウィスキーを生《き》のまま飲むんだと思っただけで、すごくだいそれたことをするような気になる。僕らはひと口飲んで思い切り顔をしかめ、ぞくぞくっと身震いする。でもやがて二人で唄《うた》を歌い出す。同時にそれぞれ違う唄を歌うのだ。僕は唄の歌詞をよく知らない。覚えているのは「さあ繰り出そうぜ、くろんぼ町の御機嫌ダンス・パーティーに」というところだけ。でも踊ることができる。タップダンサーになって映画に出ることが僕の夢なのだ。踊る僕の影が、壁の上ではしゃぎまわっている。僕らの声が陶器を震わせる。僕らはくすくす笑う。まるで目に見えない手でくすぐられているみたいに。クイーニーはおなかを上に向けてごろごろと転げまわっている。前脚は宙をかき、黒い唇には笑みのようなものさえ浮かんでいる。僕の体は内側からほかほかしてきて火花が出ちゃいそうだ。ぱちぱちとはじける薪《まき》みたいに威勢が良くて、煙突の中の風のように無鉄砲だ。僕の親友はストーブのまわりでワルツを踊っている。みすぼらしいキャラコの服の裾《すそ》を、まるでパーティー・ドレスみたいに指でつまんでいる。「お家《うち》に帰る道を教えて」と彼女は歌う。テニス・シューズが床できゅっきゅっと音を立てる。「お家に帰る道を教えて」

誰かが入ってくる。二人の親戚《しんせき》だ。かんかんに怒っている。目はつりあがり、その舌は文字どおり火を吐く。彼らの言葉はひとつに混じり合って怒りの旋律となる。「七つの子どもだよ！　息がウィスキー臭いじゃないか！　あんた気は確かかい？　七つの子どもにお酒を飲ませるなんて正気の沙汰《さた》じゃないね！　滅びへの道だよ、これは！　いとこのケイトのことは覚えてるだろ。チャーリー叔父さんのことも、チャーリー叔父さんの義理の弟のことも。恥を知るんだ！　こんな罰あたりなことをしでかすなんて、とんでもない面汚《つらよご》しだよ。さあ、ひざまずいてお祈りをするんだ、お許しを請《こ》うんだよ！」

クイーニーはこそこそとストーブの下にもぐりこむ。僕の親友はうなだれて足下を見おろしている。顎《あご》はぶるぶる震えている。彼女はスカートを持ち上げ、鼻をかんで、自分の部屋に逃げ戻る。町はとっくの昔に眠りにつき、家の中はどこまでもしずまりかえっている。時計が時を告げる音と、消えかけた火が立てるぱちぱちという音のほかには何も聞こえない。でも彼女はまだ枕《まくら》に顔を埋めて泣いている。枕は後家さんのハンカチみたいにぐしょぐしょに濡《ぬ》れている。

「泣かないで」と僕は彼女のベッドの足の方に座って言う。去年の咳《せき》どめシロップの匂いの残ったフランネルのナイトガウンを着ているのに、それでも寒くて体が震える。「泣かないで」と僕は頼む。彼女の足の指をいじり、両脚をこちょこちょとくすぐる。「もう大人なんだからさ、泣いちゃいけないよ」

「私が泣くのは大人になりすぎたからだよ」と彼女はしゃくりあげながら言う。「年とって変てこだからだよ」

「変てこなもんか。ただ愉快なだけだよ。他の誰よりも愉快だよ。ねえ、そんな風にいつまでもめそめそ泣いていたら、疲れて明日ツリーを切りに行けなくなっちゃうよ」

彼女はさっと身を起こす。クイーニーはすかさずベッドに跳びのって（クイーニーはそこに上がってはいけないことになっていた）、彼女の頰をぺろぺろ舐《な》める。「私は知っているんだよ、バディー、どこに行けばいちばん美しいモミノキがみつかるかをね。ヒイラギもだよ。お前の目玉くらい大きな実がついているやつ。森のずっと奥の方にあるんだ。私たちがこれまで入ったこともないくらい奥の方だよ。パパはそこからクリスマス・ツリーを切ってきたものさ。肩にかついでね。かれこれ五十年も前のことだけれどね。ああ、朝が来るのが待ち遠しい」

　翌朝、凍った霜が草の葉を光らせている。太陽はオレンジのように真ん丸で、その色も暑い季節のお月さまのようなオレンジだ。それが地平線にふらりと浮かび、銀白色に染まった冬の林に磨きをかけている。野生の七面鳥が啼《な》く。群れをはぐれた野豚が下生えを鼻で漁《あさ》っている。やがて、膝《ひざ》までの深さの急な流れにでくわして、僕らは荷車をそこに残していかなくてはならない。クイーニーがまず流れを渡る。水の速さや、肺炎になりかねない冷たさにわんわんと苦情を呈しながら、懸命に水を搔《か》く。僕らも、靴や装備（手斧《ちょうな》と麻布の袋）を頭の上に掲げて、あとに続く。そこから更に一マイル。刺《とげ》や、いがや、いばらが服にひっかかる。まるで僕らを懲《こ》らしめてやろうとしているみたいだ。錆色《さびいろ》の松葉はけばけばしいキノコや、抜け落ちた鳥の羽毛によってあでやかに彩《いろど》られている。そこかしこで、何かがさっと前をよぎり、ぱたぱたっという音が聞こえ、感きわまったような鋭い啼き声が響く。そして僕らは思い出すのだ、すべての鳥たちが南に渡ってしまったわけではないのだということを。小道はどこまでもくねりながら、レモン色の日だまりを抜け、まっくらな蔓《つる》のトンネルの下をくぐっている。またひとつ小川を越えなくてはならない。僕らの出現にあわてた川鱒《かわます》の大軍団が、まわりで盛大に飛沫《しぶき》を飛ばす。お皿くらいの大きさの蛙《かえる》が、腹打ち飛び込みの練習をする。働き者のビーバーはわきめもふらずダムを作っている。向こう岸でクイーニーがぶるぶると水を撥《は》ねてから、寒そうに身震いする。僕の親友も同じように身震いするが、寒さのせいではない。胸の高まりを隠せないからだ。彼女が頭をまっすぐに上げてきつい松の匂《にお》いの混じった空気を吸い込むとき、帽子についた古びた飾りの薔薇《ばら》がその花びらをひとつ散らせる。「すぐそこだよ、バディー。ほら、匂いがするだろう?」と彼女は言う。まるで海にでも近づいているみたいに。

それは実際に海と言ってもいいくらいのものだ。クリスマス・ツリーがむせかえるような匂いを放ちつつ、何エーカーにもわたって茂っている。尖《とが》った葉のついたヒイラギもある。赤い実が中国の鐘のようにまぶしく光っている。黒いカラスたちがかあかあと啼きながらそこに舞いおりる。僕らは麻布の袋に、窓を隅から隅まで飾りつけられるだけの緑と緋色《ひいろ》を詰めてから、ツリー選びにとりかかる。「ツリーは子どもの背丈の倍はなくちゃいけないよ」と僕の親友は思慮深く言う、「そうでなくちゃ、子どもはてっぺんの星を取っちゃうからね」。選んだのは、僕の背丈の倍くらいあるやつだ。その美しく雄々しく、蛮人のごとくたくましい木を相手に手斧を三十回も振りおろさなくてはならない。でも最後に、ばりばりという胸を引き裂くような叫びをあげながら木は倒れる。その木をまるで獲物みたいにひきずりながら、僕らは長い帰りの道を辿《たど》る。何ヤードか進むごとに音をあげて座り込み、はあはあと息をつく。でも僕らはみごと大物を仕留めた狩人《かりゅうど》の強靭《きょうじん》さを発揮する。それに生命力に溢《あふ》れる冷やりとした木の香りが、僕らを蘇生《そせい》させ、元気づける。夕方に、赤土の道を辿って町に戻る頃には、大勢の人々が僕らに賞賛の声をかける。でも僕の親友は抜け目がない。通りがかりの人々が僕らの荷車に詰まっている宝物を褒めても、あたりさわりのない返事をかえすだけだ。立派な木ですね、どこでそれを切ってきたんですかい？「あっちの方ですよ」と彼女はもそもそと口ごもる。一度車が止まって、製材所の持ち主の奥さん（お金持ちでものぐさな人）が身を乗り出し、きんきんした鼻声でこう言う。「そのくたびれた木に二十五セント払ってあげるよ」。普段はものを断ることができない僕の親友ではあるが、今日ばかりはきっぱりと首を振る、「一ドルもらってもごめんこうむりますね」。製材所の奥さんもあきらめない、「一ドルだって、冗談を言っちゃいけないね。五十セント、これが天井ですよ。あんた、別のをもう一本切ってくればいいだけじゃないか」。僕の親友はうっとりと思案し、それに答える。「いえいえ、同じものはふたつありませんよ」

家に着く。クイーニーは火のそばにどさっと倒れこみ、そのまま翌日まで眠りこける。人間顔負けの大きないびきをかきながら。

屋根裏部屋のトランクの中身。エゾイタチの尻尾《しっぽ》（昔この家に下宿していた謎《なぞ》めいた女の人のオペラ・ケープから拝借したものだ）を入れた靴の箱、古びて今では真鍮《しんちゅう》色に変色してしまったクリスマス用のモール、銀の星がひとつ、キャンディーみたいなちゃちな電球がいくつかつながった、くたびれきって危険このうえないコード。飾りつけとしてはまあ申しぶんないのだが、でもいかんせん、これだけではやはりものたりない。僕の親友はツリーを「バプティスト教会の窓みたいに」輝かせたいのだ。雪で枝がしなうみたいに目いっぱい飾りつけたいのだ。でも雑貨屋に行って日本製のきらびやかな飾りを買うようなお金は、僕らにはない。そこで僕らはいつもの手を使うことになる。はさみとクレヨンと色紙をたっぷりと持って、何日も台所のテーブルに向かう。僕がスケッチを描き、親友がそれを切り抜く。猫がいっぱい、それに魚（描くのが簡単だからだ）、林檎《りんご》に西瓜《すいか》、捨てずに貯《た》めておいたハーシーのチョコレート・バーの銀紙から作り出された何人かの羽のはえた天使たち。僕らは安全ピンを使ってこれらの作り物をツリーにくっつけた。最後の仕上げに、細かいくず綿（僕らはこの日のために八月に拾い集めておいたのだ）を枝にちらした。僕の親友は出来映えを見渡し、両手をぎゅっと握りしめる。「どうだいバディー、食べちゃいたいほど綺《き》麗《れい》だと思わないかい？」。じっさいクイーニーは天使のひとつにかぶりつこうとする。

ヒイラギの輪を作り、それにリボンをつけて、表向きの窓という窓に飾ったあとで、僕らは家族のみんなへのプレゼントを用意する。女の人たちには絞り染めのスカーフ、男の人たちにはレモンと甘草とアスピリンで作った自家製シロップ、これは「風邪のひきはじめ及び狩りのあとに」服用するようにとある。でもお互いあてへのプレゼントを用意する段になると、親友と僕とは離れたところでこそっと作業をする。僕は彼女のために真珠の柄のついたナイフとラジオと、チョコレートをかぶせたチェリー（僕らは一度それをちょっとだけ味見したことがあるが、それ以来彼女は真剣な顔で僕にこう言うのだった、「ねえバディー、私はあれなら毎日ごはんがわりに食べられるよ。神様に誓って本当だよ。私は神様の名を故《ゆえ》もなく口にしたりはしないからね」と）をたっぷり一ポンド買ってあげたいと思う。でもそのかわりに、彼女のために凧《たこ》を作る。彼女は僕に自転車を買ってやりたいと思っている（機会があるごとに何百万回となくそう口にした。「もし私にそれが買えたならね、バディー。欲しいものがあるのにそれが手に入らないというのはまったくつらいことだよ。でもそれ以上に私がたまらないのはね、誰かにあげたいと思っているものをあげられないことだよ。でもそのうちにちゃんとあげるよ、バディー。お前のために自転車を手に入れてやるよ。どうやってなんて聞かないでおくれよ。盗みでもしようかねえ」。でもそのかわりに彼女は僕のために凧を作ってくれているのだろう。僕はそう見当をつけている。去年もそうだったし、一昨年もそうだった。その前の年には僕らはパチンコを交換した。僕としてはそれでじゅうぶんだった。というのは僕らは凧あげの名人だったからだ。僕らは船乗りみたいに風向きを読んだ。親友は僕よりその術に長《た》けていて、雲もぴたりと動かないような無風の日にでも凧を空高く上げることができた。

クリスマス・イブの午後に、僕らはなんとか五セントを工面し、肉屋に行ってクイーニーのための贈り物を買う。毎年同じ、しっかりかじることのできる上等の牛の骨だ。その骨は新聞の漫画ページに包んでツリーのずっと上の方の、銀の星の近くに載せておく。クイーニーは骨がそこにあることを知っている。ツリーの足元にうずくまって、よだれを垂らさんばかりのうっとりした目で上を見ている。寝る時間になってもがんとしてそこから腰を上げようとはしない。僕の興奮ぶりだってクイーニーに負けない。僕は布団《ふとん》を蹴《け》りあげ、枕をひっくりかえす。まるで暑くて寝苦しい夏の夜みたいに。どこかで雄鶏《おんどり》がときの声をあげる。でもそれは間違いだ。太陽はまだ世界の裏側にあるのだから。

「バディー、起きてるかい?」と僕の親友が壁ごしに声をかける。彼女の部屋は僕の部屋の隣にある。そして次の瞬間には、彼女は蠟燭《ろうそく》を手に僕のベッドに腰かけている。「ああ、私はこれっぽっちも眠れやしないよ」と彼女は宣言する。「私の心は野ウサギみたいにぴょんぴょん跳ねてる。ねえバディー、どう思う? ローズヴェルト夫人は明日の夕食の席に私たちのケーキを出すだろうかねえ?」。僕らはベッドの上で肩をよせあう。彼女は僕の手をとても優しく握りしめる。「お前の手も以前はもっとずっと小さかったような気がするねえ。お前が大きくなっていくことが、私には悲しい。お前が大きくなっても、私たちはずっと友達でいられるだろうかねえ」。ずっと友達さ、と僕は答える。「でも私はつらいんだよ、バディー。お前に自転車を買ってやれないことでね。私はパパがくれたカメオを売ろうともしたんだよ」――彼女は口ごもる。何だか身の置きどころがないみたいに――「今年もまた凧を作ったんだよ」。それから僕も打ち明ける。僕も彼女のために凧を作ったのだと。そして二人で大笑いする。蠟燭はもう手に持っていられないくらい短くなっている。火が消えると、星の光がそのあとを埋める。星が窓に光の糸を紡《つむ》いでいる。声なくキャロルを歌っているみたいに。でもそれも、静かに穏やかに訪れる夜明けに消されていく。僕らはまどろんでいたかもしれない。でも夜明けの最初の光が差すと、水でも浴びせられたみたいにぱっと目が覚める。そして、その辺をうろうろ歩きまわりながら、他のみんなが起きてくるのを待つ。僕の親友は台所の床に、わざとやかんを落とす。閉まったドアの前で、僕はタップダンスを踊る。一人また一人と、一家の人々は起き出してくる。僕らを殺してしまいたいという目つきで。けれどクリスマスだから、それもできない。まずは豪勢な朝ごはん。思いつくかぎりのものが食卓に揃《そろ》っている。ホットケーキ、リスのフライから、とうもろこしのグリッツ、とれたての蜂蜜《はちみつ》まで。おかげでみんなは上機嫌になるが、僕と親友だけは違う。なにしろ僕らはプレゼントのところに早く行きたくて、それで頭がいっぱいで、ごはんなんてろくに喉《のど》を通らないのだ。

さて僕はがっかりしている。誰だってがっかりするんじゃないかな。靴下、日曜学校用のシャツ、何枚かのハンカチーフ、お下がりのセーター、子ども向け宗教雑誌の一年分の定期購読券。「幼き羊飼い」という絵本。それを目にして僕はすっかり頭に来る。はらわたが煮えくり返る思いだ。

僕の親友はいくらかましな物を手に入れる。袋入りの温州《うんしゅう》みかん、それが彼女のもらった最高のプレゼントだ。しかし彼女は嫁いでいった妹からおくられた手編みの白いウールのショールを、もっとも誇らしげに手にする。でも彼女は言う、もらった中でいちばん嬉《うれ》しかったのは僕が作った凧だと。なにしろすごく綺麗なのだもの。でも彼女が僕のために作ってくれた凧はそれよりもっと綺麗だ。その凧はブルーで、ところどころに金と緑の善行章の星が散らしてある。それだけじゃない。そこには僕の名前がちゃんと書きこんであるのだ、「ＢＵＤＤＹ」と。

「ねえバディー、風が吹いてるよ」

風が吹いている。僕らはとるものもとりあえず家の下の方の牧草地まで走っていく。クイーニーが一足先にそこに来ていて、骨を埋めるための穴を掘っている（翌年の冬にはクイーニー自身もそこに埋められることになる）。すくすくと腰まで伸びた草の中を僕らは跳ねるように進み、めいめいの凧の糸を解く。そして、それらが風の中を泳ぐ空の魚のように、糸をぴくぴくと引く手応《てごた》えを感じる。すっかり満足して、太陽の光で体も暖まり、僕らは草の上に大の字に寝転んで、みかんの皮を剝《む》く。そして自分たちの凧が空をはねまわっているのを眺める。靴下やお下がりのセーターのことなんかすぐに忘れてしまう。この上なく幸せな気持ちだ。まるでもうコーヒーの名前つけコンクールで一等賞の五万ドルを獲得してしまったみたいな。

「ああ、私はなんて馬鹿《ばか》なんだろう！」と僕の親友がはっと息を呑《の》んで叫ぶ。まるでオーブンにパンを入れっぱなしにしてあることを、手遅れになってから思い出した女の人みたいに。「私がこれまでどんな風に考えていたかわかるかい？」。彼女は何かを発見したような口調で僕に言う。彼女はにっこりとしているが、僕の顔を見てほほえんでいるのではない。僕のずっと後ろの一点を見ているのだ。「私はこれまでいつもこう思っていたんだよ。神様のお姿を見るには、私たちはまず病気になって死ななくちゃならない。そして神様がおみえになる時はきっと、バプティスト教会の窓を見てるような感じなんだろうってね。太陽が差し込んでいる色つきガラスみたいに綺麗でさ、とても明るいから、日が沈んできてもそれに気がつかないんだ。なんだか怖いくらいでさ。でもそれは正真正銘のおおまちがいだった。誓ってもいいけれどね、最後の最後に私たちははっと悟るんだよ、神様は前々から私たちの前にそのお姿を現わしておられたんだということを。物事のあるがままの姿」——彼女の手はぐるりと輪を描く。雲や凧や草や、骨を埋めた地面を前脚で掻《か》いているクイーニーなんかを残らず指し示すように——「人がこれまで常に目にしてきたもの、それがまさに神様のお姿だったんだよ。私はね、今日という日を目に焼きつけたまま、今ここでぽっくりと死んでしまってもかまわないよ」

これが僕らがともに過ごした最後のクリスマスになった。

人生が僕らの間を裂いてしまう。わけしり顔の連中が、僕は寄宿学校に入るべきだと決める。そして軍隊式の獄舎と、起床ラッパに支配された冷酷なサマー・キャンプを惨《みじ》めにたらいまわしにされることになる。新しい家も与えられる。でもそんなものは家とは呼べない。家というのは友だちがいるところだ。なのに僕はそこから遥《はる》かに隔てられている。

彼女は一人取り残されて、何をするともなく台所をうろうろしている。あとにはクイーニーしか残されていないし、そのクイーニーもほどなく姿を消してしまう（「親愛なるバディー」と彼女が僕に手紙を寄越す。ものすごく読みにくい金釘《かなくぎ》流の字で。「きのうクイーニーがジム・メイシーの馬にひどくけられました。ありがたいことにそれほど苦しみませんでした。上等の亜麻のシーツにくるみ、荷車に乗せてシンプソンの牧草地まではこび、自分の埋めた骨といっしょにいられるように……」）。そのあと何年かは、十一月がくると、彼女は独力でフルーツケーキを焼き続ける。それほど沢山の数ではないけれど、いくつかは焼く。言うまでもないことだが、僕に「いちばん出来のいいやつ」を送ってくれる。そしてまた、どの手紙にもちり紙でくるんだ十セント玉が入っている。

「映画を観《み》て、私にその筋を教えておくれ」。彼女はやがて僕と、彼女のもう一人の友達——一八八〇年代に亡《な》くなったもうひとりのバディー——とを混同し始める。十三日以外にも、彼女がベッドから起き上がらない日が増えていく。そして十一月のある朝が訪れる。木の葉も落ち、鳥の姿も消えた、冬の訪れを告げる朝だ。しかし彼女が起きあがって「ほら、フルーツケーキの季節が来たよ!」と叫ぶことは二度とない。

まさにそのとき、それが起こったことが僕にはわかる。電報の文面も、僕の秘密の水脈がすでに受け取っていた知らせを裏づけたに過ぎない。その知らせは僕という人間のかけがえのない一部を切り落とし、糸の切れた凧のように空に放ってしまう。だからこそ僕はこの十二月のとくべつな日の朝に学校の校庭を歩き、空を見わたしているのだ。心臓のかたちに似たふたつの迷い凧が、足早に天国に向かう姿が見えるのではないかという気がして。

『ティファニーで朝食を』時代の
トルーマン・カポーティ

村上春樹

本書『ティファニーで朝食を』は一九五八年の春にランダム・ハウス社から出版され、一九六一年にパラマウント社で映画化された。本の方も世評が高く、かなりの売り上げを記録したが、現在『ティファニーで朝食を』というタイトルを耳にして、多くの人々がまず思い浮かべるのは、映画に主演したオードリー・ヘップバーンの顔と、ジヴァンシーのシックな黒いドレスと、ヘンリー・マンシーニの作曲した印象的なサウンドトラックではあるまいか。映画は原作とはけっこう違った話にはなっているもののの、なかなか小粋《こいき》なラブ・コメディーに仕上がっていて、商業的にも圧倒的な成功を収めた。おかげで今となっては、本を読む前に既に映画を観《み》ているという人が多く、主人公ホリー・ゴライトリーについ、オードリー・ヘップバーンの顔が重ねられてしまうことになる。これは小説にとってはいささか迷惑なことであるかもしれない。というのは、作者トルーマン・カポーティは明らかに、ホリー・ゴライトリーをオードリー・ヘップバーンのようなタイプの女性としては設定していないからだ。カポーティはヘップバーンが映画に主演すると聞いて、少なからず不快感を表したと伝えられている。おそらくホリーの持っている型破りの奔放さや、性的開放性、潔《いさぎよ》いいかがわしさみたいなところが、この女優には本来備わっていないと思ったのだろう。

だから翻訳者としては、本のカバーにはできれば映画のシーンを使ってもらいたくなかった。それは読者の想像力を、結果的に狭めてしまうことになりかねないからだ。「ホリー・ゴライトリーという女性はいったいどんな姿かたちをしているんだろう？」と一人ひとりの読者が、話を読み進めながら想像力をたくましくすることが、このようなタイプの小説を読むときの大きな楽しみになってくる。ホリー・ゴライトリーはトルーマン・カポーティが、そのフィクションの中で創《つく》り上げた、おそらくはもっとも魅力的なキャラクターであり、それを一人の女優の姿に簡単に同化してしまうというのは（当時のオードリー・ヘップバーンが魅力的であることはさておいて）いかにももったいない話であると僕は考える。

ついでながら、語り手の「僕」には疑いの余地なく作者カポーティ自身の姿や魂が重ねられており、ジョージ・ペパードのようなしっかりした体格の、ブロンドの髪のオール・アメリカン的ハンサムボーイとは、ずいぶんイメージが異なっている。ホリーはアパートの上階に住む、この少年の面影を残した田舎出身の、センシティブな——そしていくぶんの屈託のある——青年の中に、中性的な要素や、落ち着きどころのない孤立性を認めるからこそ、それなりに心を許した友人となるのであって、ジョージ・ペパードが相手では話がまったく違ったものになってしまう——事実まったく違ったものになっている。

とはいえ、映画は映画として面白かった。あの時代のニューヨークの風景がとても美しく楽しく描かれていた。だから映画と比較してとやかく言うのはもうやめよう。ただ僕が言いたいのは、できることなら映画からはなるべく離れたところで、この物語を読んで楽しんでいただきたいということである。

しかしそれはそれとして、誰かがこの『ティファニーで朝食を』を原典にできるだけ忠実に、もう一度映画化してくれないものだろうか？　「サイコ」やら「ダイヤルMを廻せ！」といった（とくにその必要もない）作品のリメイクを作るくらいなら、こっちの方がよほど気が利《き》いていると思うんだけど。とはいえ、じゃあ今度は誰がホリー・ゴライトリーを演じるか、ということになると……なかなか具体的な名前が思い浮かばない。困りますね。本を読みながら、どんな女優がホリーに相応《ふさわ》しいか、ちょっと考えてみて下さい。

カポーティは一九二四年にニュー・オーリアンズで生まれた。アラバマにある母方の田舎に引き取られて少年時代を送り、十代半ばにニューヨークに出てくる。そして一九四一年から四四年にかけて「ニューヨーカー」誌でコピーボーイとして働く。つまりこの『ティファニーで朝食を』の背景となっている時代を、彼は作家志望の、雑誌社の下働きとして送っていたわけである。そして彼は詩人ロバート・フロストの朗読会でちょっとした問題をひき起こし、その結果「ニューヨーカー」を解雇されることになった。本書に描かれている主人公「僕」の心境は、当時のカポーティのそれにかなり近いものであったに違いない。

「ニューヨーカー」の仕事を辞めた頃から、彼は「ミリアム」「銀の壺《つぼ》」「夜の樹《き》」といったいくつかの短編小説を雑誌に発表し、世間の注目を引くようになった。そして二四歳のときに長編小説『遠い声、遠い部屋』(1948)で、本格的な作家デビューを遂げ、瞬《また》く間に文壇の寵児《ちょうじ》となった。以後、短編集『夜の樹』(1949)、中編小説『草の竪琴《たてごと》』(1951)などを発表し、ノーマン・メイラーやJ・D・サリンジャー、アーウィン・ショー、カーソン・マッカラーズなどとともに、戦後輩出した有能な若手作家の一人としての地位を確立した。もっとも彼の小説に含まれるある種の反社会性、性的挑発性(少なからず同性愛的傾向を含んでいた)、そして時として感覚的に過ぎるそのゴシック的文体は、主流の批評家から少なからず反感を買うことになった。万人から一流作家として認められていたというわけではなかったのだ。ある種の「胡散《うさん》臭《くさ》さ」が、そしてスキャンダラスな要素が、この人には最後までつきまとうことになる。しかし当時のニューヨークの社交界は、この才気溢《あふ》れる、妖精《ようせい》のような顔をした二十代の新進作家をもろ手をあげて歓迎した。そしてカポーティはそのような世界に激しい愛憎を抱きつつも、セレブとしての派手な生活を死ぬまで満喫することになる。

一九五五年あたりからカポーティは新しい小説『ティファニーで朝食を』の執筆にとりかかっていたが、思うように筆は運ばなかった。いろんなほかのものごとに気を取られ、時間を取られていたせいだった（このあたりからあれこれと人生の寄り道が多くなってくる）。彼はアメリカの劇団がソビエトを公演旅行するのに同行した。そしてその旅行について『詩神の声聞こゆ』というタイトルの本を書いた。それから日本に旅行をして、映画『サヨナラ』の撮影をしているマーロン・ブランドをインタビューし、その記事を書いた。才気に富んだ、そしてかなり辛辣《しんらつ》な人間批評になっており、ブランドはそれを読んで文字通り激怒した。「あのちび野郎を殺してやる」と彼は叫んだと伝えられている。敵を作るのは昔から一貫して得意な人だった。観察力が人並み外れて鋭く、ポイントをはずすことがなく、文章はナイフのように切れる。いったん抑制を解除するスイッチを押せば、その効果は致死的なものになった。

彼がようやく自宅に腰を据え、『ティファニー』の執筆に復帰したのは一九五七年のことで、ずいぶん苦労した末に、一九五八年の春にはなんとかこの中編小説《ノヴエラ》を書き上げることができた。そしてホリー・ゴライトリーという魅力的な「戦略的自然児」（矛盾する表現ではあるが、それはまさにカポーティ自身の姿でもある）を主人公とするこのスマートな都会小説は、瞬く間に人々の愛するところとなった。トルーマンのまわりにたむろする、数多くのニューヨーク社交界の女性たちは「自分こそがホリデー・ゴライトリー」のモデルであると声高に主張した。批評家もこの作品に対して、大方が好意的だった。

この作品は最初女性誌「ハーパーズ・バザール」に一挙掲載されることになっており、契約書まで結ばれていたのだが、最後の最後になって同誌が掲載を拒否し、カポーティを激怒させた。作品はかわりに男性誌「エスクァイヤ」に掲載され、同誌は圧倒的なまでの売り上げを記録した。「ハーパーズ・バザール」がこの作品の掲載を拒否した理由は、ひとつにはホリー・ゴライトリーが高級娼婦《しょうふ》のように捉《とら》えられかねないからであり、また同性愛に対する表現が多いからであり、もうひとつにはそういう作品のタイトルに名前を出されて、大きな広告主であるティファニー宝石店が不快感を抱くのではないかと、編集者が危惧《きぐ》したからである。カポーティはそれを聞いて一笑し、「そのうちにティファニーは僕の本をウィンドウに飾るようになるよ」と言ったと伝えられている。ティファニーがこの本をウィンドウに飾ったという話はまだ耳にしたことはないが、小説『ティファニーで朝食を』が結果的にティファニー宝石店にとっての大きな宣伝になったことには疑いの余地はないだろう。一九五〇年代のアメリカはこのように、性的な表現に対して厳格というか、かなり臆病《おくびょう》だったのだ。

『ティファニーで朝食を』においては、内容に負けず劣らず、その文体がひとつの大きな魅力になっている。

ノーマン・メイラーは当時、本書についての評の中で、カポーティの散文をこのように賞賛している。「カポーティは、私と同世代の作家の中では、もっとも完璧に近い作家である。ひとつひとつの言葉を選び、リズムにリズムを重ね、素晴らしいセンテンスを作り上げる。『ティファニーで朝食を』の中でこれは換えた方がいいと思うような言葉は二つもなかった。この作品はちょっとした古典として残るだろう」

僕もこの翻訳をするために、何度も繰り返しテキストを読み込んだが、その研ぎすまされた無駄のない文章には、いつもながら感心させられた。何度読み返しても、飽きるということがなかった。この作品以前のカポーティの文章ももちろん素晴らしいのだが、才気煥発《かんぱつ》さが勝ちすぎているのではないか、というところが時として見受けられた。しかし『ティファニー』にあっては、そういう「これでもか」という感覚的な描写が影をひそめ、実にうまく均整のとれた、簡潔でなおかつ意を尽くした文章に仕上がっている。翻訳しながら「うまいなあ」と何度も感心させられた。

個人的な話になるが、僕は高校時代にこの人の文章を初めて英語で読んで（『無頭の鷹《たか》』という短編小説だったが）、「こんな上手な文章はどう転んでも書けないよ」と深いため息をついたことを記憶している。僕が二九歳になるまで小説を書こうとしなかったのは、そういう強烈な体験を何度もしたせいである。そのおかげで、自分には文章を書く才能なんてないのだと思いこんでいた。しかし高校時代に僕がカポーティの文章に対して感じたことは、それから四〇年経《た》った今でもおおむね変わらない。ただ今となっては「カポーティはカポーティ、僕は僕」と開き直れるようになっただけである。

カポーティは自らの文体の変化について、一九六四年に「カウンターポイント」という雑誌のインタビューの中で、このように語っている。

〈僕にはふたつのキャリアがある。ひとつは早熟期のキャリアだ。若者がすらすらと一連の本を書いた。それなりにずいぶん優れた作品をね。僕は今でもそれらの作品を手にとって、なかなかいいじゃないかと感心してしまう。まるで誰か他人が書いた作品を読んでいるみたいな感じで。僕の第二のキャリアが始まったのは、「ティファニーで朝食を」からだ。僕はそのときから違うものの見方をし、違う文体を用いるようになった。もちろんある程度まで、ということだが。文体はたしかにその時点で変化を遂げた。文体は刈り込まれ、簡素になり、より統御されたものになった。よりクリアなものになった。その文体は以前のものほど、多くの部分において、刺激的ではなくなったと思う。あるいはオリジナルでもなくなったと言っていいだろう。そして前のものよりは書くのに骨が折れる。しかし僕はまだまだ自分のやりたいこと、行きたい場所に行き着いてはいない。おそらく今度の新しい本に関して言えば（訳注『冷血』のことである）、僕はできるだけそこに近接することになる。少なくとも戦略的にはということだが〉

『ティファニーで朝食を』を書くにあたって、カポーティが長期に渡って呻吟《しんぎん》しなくてはならなかったいちばん大きな理由は、おそらくそのあたりの「戦略的」転換にあったのだろう。青年時代の彼は「自分の物語」をすらすらと自然に紡《つむ》ぎ出すことができた。しかしもう三十代半ばに近づいていたし、永遠に「神童《ボーイ・ワンダー》」であり続けることはできなかった。大人の作家として、ひとつ上の台地《プラトー》に登る必要があった。いつまでも自分の少年時代の特異な体験を題材として、感覚的な物語を書き続けているわけにはいかない。彼は新しい小説のための新しい題材を求めなくてはならなかったし、その小説に相応《ふさわ》しい新しい文体を創り上げなくてはならなかった。それには多大な労力と時間が必要とされた。

その試みは、本書を読む限りにおいては、成功を収めたと言っていいだろう。ノーマン・メイラーが予言したように、『ティファニーで朝食を』は現代の「ちょっとした古典」として、世界中で今でも読み継がれている。多くのその時代の「古典候補」が歳月の試練に耐えきれず、坂をずるずると滑り落ちていったあとでも(メイラー自身の作品もそのうちのひとつだ)、『ティファニー』はしっかりと生き延びている。その物語世界は多くの人々の心の中に根を下ろしている。

しかしカポーティは無傷でその難関を乗り越えたわけではなかった。彼がそこで失ったもの、手放さなくてはならなかったものは決して少なくはなかった。天衣無縫のイノセンスや、文章の自由自在な飛躍、無傷で深い暗闇《くらやみ》を通り抜けることのできる自然な免疫力《めんえきりょく》、それらはもう二度と彼の手に戻ってはこなかった。彼自身の言葉を借りるなら、彼はもう「すらすらとものを書ける若者」ではなくなってしまったのだ。そして『ティファニーで朝食を』でいったん成功を収めたあとも、同じような、あるいはより厳しい、呻吟に次ぐ呻吟の日々がやってくる。彼はこう書いている。

〈ある日、私は小説を書き始めた。自分が一生を通じて、気高い、しかし情けを知らぬ主人に鎖で繋《つな》がれることになるなどとは露知らず。神があなたに才能を与えるとき、彼はまた鞭《むち》をもあなたに与えるのだ。そしてその鞭は自らの身体《からだ》を厳しく打つためのものである。……私は今、ひとりで暗い狂気の中にいる。ひとりぼっちで、一組のカードを手に。……そしてそこにはもちろん神の与え給《たも》うた鞭も置かれている〉

自らを鞭打つ（self-flagellation）というのは言うまでもなく、イエス・キリストの味わった苦難を追体験するための、宗教的自傷行為である。カポーティの苦しみが神的（霊的）なるものと、肉的（物質的）なるものとの狭間《はざま》で生み出されたものであることにおそらく異論の余地はないだろう。カポーティの物語の主人公たちもまた、そのような狭間に生きている。彼らの多くはイノセンスの中に生きようとする。しかしイノセンスが失われたとき（多かれ少なかれそれはいつか失われることになる）、それがどこであれ、彼らの住んでいる場所は檻《おり》のようなものに変わり果ててしまう。そしてそこに残されているのは、婉曲《えんきょく》な自傷行為でしかない。『花盛りの家』の主人公オティリーのように、苦難を乗り越えてもう一度イノセントな世界を手に入れられる人間は、あくまで例外的である。それはハイチの貧しい山奥でしか実現し得ない愛の寓話《ぐうわ》である。『ダイアモンドのギター』のミスタ・シェーファーはイノセンスの象徴であるティコ・フェオに利用され、裏切られ、永遠の幽閉の中に戻っていく。記憶が彼の心を無惨《むざん》に切り裂く。『クリスマスの思い出』の主人公の少年は、美しいイノセンスを具現化したものをすべて土の下に葬《ほうむ》ってしまう。彼をこれから待ち受けているのは、みずみずしい色合いを欠いた酷薄な大人の世界でしかない。

『ティファニーで朝食を』のホリー・ゴライトリーがどのような結末を迎えたかは、作品の中では明らかにされていないが、たとえどのような状況に置かれたにせよ、彼女が「いやったらしいアカ」や幽閉への恐怖から完全に逃れることができるようになったとは、信じがたいところである。主人公の「僕」がもう一度ホリーに会いたいと思いながら、そのことにもうひとつ積極的になれないのは、イノセンスの翼を失ってしまった彼女の姿を見ることを恐怖するからだし、おそらくそうなっているのではないかという予感があるからだ。彼はおとぎ話の一部としてのホリーの姿を、永遠に脳裏に留めておきたいのだ。それが彼にとってのひとつの救いになっているからだ。

カポーティはそのようにして新しい文体を手にはしたものの、今度は、その文体に相応しい題材をうまく見つけることができなくなってしまった。カポーティは天性の優れたストーリーテラーではあったが、どこからでも自由に物語を創《つく》り上げていく能力は持ち合わせていなかったからだ。彼は自分が直接体験したものごとから、生き生きとした物語を立ち上げることに長《た》けていた。しかしその素材が尽きてしまえば、どれだけ優れた文体を身につけていても、小説を書くことができなくなってしまう。そして彼の置かれた新しい環境は、新しい小説を生み出すためのマテリアルを、思ったようにふんだんにはもたらしてくれなかった。カポーティはおそらく生まれて初めて、小説を書くことに苦痛を覚えるようになった。そしてその場所は徐々に、華やかではあるけれど、檻のような閉塞《へいそく》した場所へと変わっていく。

おそらくはそのような創作の苦しみから逃れるためだろう、彼はいったんフィクションの世界を離れる。そして新聞で見かけたカンザス州の一家殺害事件にふと興味を抱き、その事件を徹底的に取材することになる。そして六年間に及ぶ取材の末に、『冷血』という優れたノン・フィクションを書き上げた。作家はそこに新しい物語のマテリアルを見いだしたのだ。平和な田舎町でほとんど意味もなく惨殺された四人の一家。彼らを殺すべく運命づけられていた二人の不穏なアウトサイダー。その宿命的な絡《から》みの中に、カポーティの描きたい物語のかたちが含まれていた。それは救済への希望と、避けがたい絶望とのあいだで押しつぶされていく人間たちの姿だった。そのような切実な状況の中に、自らの身体と魂を彼はすっぽりと浸した。それは取材という領域を越えて、もっと個人的な、人間的なコミットメントになった。事実はいったんばらばらにされ、トルーマン・カポーティという緻密《ちみつ》なフィルターを通して再構成された。彼はそれを「ノンフィクション・ノヴェル」と名付けた。カポーティが手にした新しい「第三期」の文体は、その本を書くためのきわめて有効な武器となった。

その作品はカポーティにこれまでにない名声をもたらした。ほとんどすべての人々が、その本の放つ根元的なパワーと、美しいまでに刻明な人物描写に圧倒された。これもまた、まさに現代の古典と呼ぶに相応しい作品となった。流麗な文体を駆使するスマートな都会派の作家は、『冷血』を経て、押しも押されもせぬ本格的作家へと変身したのである。しかしその本はカポーティに名声をもたらすと同時に、彼の中から多くの活力を奪っていった。彼はそこにあるマテリアルを余すところなく利用したが、そのマテリアルもまた、カポーティを余すところなく利用し、消耗させたのだ。カポーティはその潤沢なマテリアルと彼の魂を交換した、という言い方はあるいは極端にすぎるかもしれない。しかし僕は、どこか目に見えない深いところでそのような取り引きがおこなわれたのではないか、という気がしてならないのだ。二人の殺人犯の処刑に立ち会ったことで、カポーティは深いショックを受けたし、そのショックから立ち直ることはなかったように思える。

少なくともフィクションに関していえば、一九五〇年代に彼が見せた圧倒的なまでの輝きはもう戻ってはこなかった。ひとことで言えば、小説を書くことができなくなったのだ。彼が一九八〇年に発表した短編集『カメレオンのための音楽』は正直なところ、無理にひねり出されたような不自然さを感じさせる作品だったし、死後に発表されたスキャンダラスな問題作『叶《かな》えられた祈り』はとうとう未完のままに終わってしまった。どちらの本もカポーティとしては満足のいく出来ではなかったはずだ。

カポーティは小説家としてよりは、ノンフィクション作家として将来的に記憶されることになるだろうとジョージ・プリンプトンは述べているが、僕はそのようには考えない――あるいは考えたくない。たしかに『冷血』を始めとするカポーティの「非小説」の質の高さと面白さには傑出したものがある。しかしどれだけ出来が素晴らしくても、『冷血』は一回限りのものだ。カポーティの作家としての本領は、やはり小説の世界にあると僕は信じている。彼の物語は、人々の抱えるイノセンスの姿と、それがやがて行き着くであろう場所を、どこまでも美しく、どこまでも悲しく描き上げていく。それはカポーティにしか描くことのできない特別な世界である。そして高校生だった僕はそのような世界に引き寄せられ、小説というものの深みをそれなりに会《え》得《とく》することができたのだ。

主人公の「僕」がホリー・ゴライトリーの有していたイノセンスの翼を信じ続けるように、信じ続けようと心を決めたように、僕らもまたこの『ティファニーで朝食を』に描かれた美しくはかない世界を信じ続けることになる。寓話と言ってしまえばそれまでだ。しかし真に優れた寓話は、それにしかできないやり方で、我々が生きていくために必要とする力と温かみと希望を与えてくれる。

そして小説家トルーマン・カポーティは、僕らに優れた寓話とはどのようなものであるかという実例を、鮮やかに示してくれたのである。

最後に翻訳についてのいくつかのお断り。

『ダイアモンドのギター』で prison farm を「囚人農場」と訳した。しかしここでは必ずしも農業がおこなわれているわけではない。もともとは農業をすることが中心だったのだが、本書では、囚人はその施設で生活しながら、道路補修工事をしたり、松《まつ》脂採《やにと》りをしたりしている。実質的には刑務所だが、刑務所という言葉から想像される堅固な建物があるわけではない。監房があるわけでもない。みんなが集まって寝泊まりするバラック建て宿舎のような代物《しろもの》だ。本当は「囚人キャンプ」というのが近い訳語なのだろうが、これだとどことなくナチの強制収容所みたいなところが頭に浮かぶ。というわけで、仕方なく「囚人農場」という直訳にしておいた。farmという言葉はおおまかな意味で「生産的作業に携わるユニット」と捉《とら》えていただけると良いと思う。

「囚人農場」は最初は囚人たちに自給自足の生活をさせるために、農作業を強制したのが始まりだが、そのうちに作業の範囲が広くなり、民間業者に囚人の労働力をリースするようになっていった。労働は厳しく、懲罰的な意味合いも強かった。

『クリスマスの思い出』は何年か前に翻訳し、べつの短編集に収録した。それをおおむね流用させていただいたわけだが、せっかくの機会なので、もう一度テキストと読み合わせて、細かいところにあれこれと手を入れた。少しは読みやすくなっているのではないかと思う。

なお、柴田元幸氏に翻訳の助力を仰いだ。多忙な中、時間を割き、貴重な助言をいただけたことに深く感謝したい。

この作品は二〇〇八年二月新潮社より刊行された。

カポーティ
河野一郎訳
遠い声 遠い部屋

傷つきやすい豊かな感受性をもった少年が、自我を見い出すまでの精神的成長の途上でたどる、さまざまな心の葛藤を描いた処女長編。

カポーティ
大澤薫訳
草の竪琴

幼な児のような老嬢ドリーの家出をめぐる、ファンタスティックでユーモラスな事件の渦中で成長してゆく少年コリンの内面を描く。

カポーティ
川本三郎訳
夜の樹

旅行中に不気味な夫婦と出会った女子大生。人間の孤独や不安を鮮かに捉えた表題作など、お洒落で哀しいショート・ストーリー9編。

カポーティ
佐々田雅子訳
冷血

カンザスの片田舎で起きた一家四人惨殺事件。事件発生から犯人の処刑までを綿密に再現した衝撃のノンフィクション・ノヴェル！

カポーティ
川本三郎訳
叶えられた祈り

ハイソサエティの退廃的な生活にあこがれるニヒルな青年。セレブたちが激怒し、自ら最高傑作と称しながらも未完に終わった遺作。

T・ウィリアムズ
小田島雄志訳
欲望という名の電車

ニューオーリアンズの妹夫婦に身を寄せたブランチ。美を求めて現実の前に敗北する女を、粗野で逞しい妹夫婦と対比させて描く名作。

ティファニーで朝食《ちようしよく》を

新潮文庫　カ－３－８

平成二十年十二月一日発行
令和五年五月三十日十二刷

訳者　村《むら》上《かみ》春《はる》樹《き》

発行者　佐藤隆信

発行所　株式会社 新潮社

郵便番号　一六二―八七一一
東京都新宿区矢来町七一
電話 編集部(〇三)三二六六―五四四〇
　　 読者係(〇三)三二六六―五一一一
https://www.shinchosha.co.jp

価格はカバーに表示してあります。

乱丁・落丁本は、ご面倒ですが小社読者係宛ご送付ください。送料小社負担にてお取替えいたします。

印刷・錦明印刷株式会社　製本・株式会社植木製本所

ISBN978-4-10-209508-9 C0197